Christian de MOLINER

Trois semaines en avril

à N.A

Avertissement de l'auteur :

Je ne partage pas bien entendu les opinions extrémistes de certains de mes personnages. Par souci de vérité, je me suis refusé à censurer leurs propos même inqualifiables afin de dresser un tableau fidèle d'une réalité malheureusement bien sombre.

Éditorial du *Figaro* du 02 avril 20…

Comme pour saluer l'arrivée des beaux jours, une salve de bonnes nouvelles économiques vient de tomber : l'INSEE a confirmé que le PIB n'a pas reculé au dernier trimestre de l'année précédente, une première après une interminable récession de cinq ans. En février, les prix n'ont augmenté que de 2 % sur un mois, le nombre de chômeurs s'est accru moins vite qu'à l'accoutumée et Paris a obtenu du FMI un crédit de cinq milliards de dollars. Pourtant le gouvernement se garde bien de pavoiser tant la sortie du tunnel paraît lointaine.

La crise sanitaire de 2020 et l'implosion de la zone euro ont provoqué un effondrement de 30 % du PIB. On frôle officiellement les huit millions de chômeurs, mais selon la plupart des économistes notre pays compterait en réalité plus de onze millions de sans-emploi ; le crédit consenti à contrecœur par le FMI sera le dernier que la France pourra obtenir avant longtemps. Les pays du Pacifique, les seuls États encore solvables, rechignent à soutenir financièrement une Europe exsangue, incapable de se redresser.

La situation intérieure reste précaire. La politique consistant à envoyer l'armée dans les banlieues porte lentement ses fruits. Le nombre mensuel d'incidents violents continue de régresser et on vient de lever la loi martiale dans deux villes importantes : Dijon et Reims ; malheureusement on l'a proclamée dans quatre autres plus petites tandis que l'armée et la police manquent d'effectifs. Les forces de l'ordre sont épuisées à force d'être sollicitées et elles seraient incapables de réprimer une nouvelle vague d'émeutes comme le pays en a connu l'été dernier.

Enfin ni les extrémistes du Front islamiste de libération ni leurs frères dans l'horreur des cellules Charles Martel n'ont déposé les armes, La pause qu'on observe depuis le début de l'année n'est probablement due des deux côtés qu'à des raisons techniques.

Prologue

Fatima Ousselik quitta exténuée son école. Elle était soulagée d'avoir enfin terminé sa journée et de n'avoir classe ni le lendemain ni le surlendemain.

– Tu dois tenir encore une semaine, juste une petite semaine, se répéta-t-elle tout le long du chemin du retour.

En effet, les vacances de printemps débuteraient le week-end prochain. Malgré son épuisement nerveux, elle ne demanderait pas à son médecin de l'arrêter. Elle avait besoin de la bonification de barème accordée aux enseignants qui ne prenaient jamais de congés maladie pour espérer obtenir sa mutation dans une école du centre-ville. Fatima n'avait l'impression d'exister que pendant les vacances, lorsqu'elle était débarrassée de ses élèves. Elle vivait les autres jours comme une interminable parenthèse.

Elle enseignait depuis trois ans, mais elle était, comme beaucoup de ses collègues, usée et résignée. Elle n'avait guère d'autorité naturelle et ses garçons de CM2 en profitaient. Elle ne supportait plus le bruit perpétuel qui régnait dans sa classe, les bavardages intempestifs, les insultes que se lançaient les enfants, leur violence gratuite. Dans ses moments de désespoir, elle se voyait comme un garde-chiourme qui s'épuisait à maintenir une caricature d'ordre dans son cours. L'enseignement qu'elle dispensait était inefficace tant il était haché par ses perpétuels rappels à l'ordre.

Les soirs de dépression, lorsqu'ils avaient été trop odieux, elle se disait que son travail ne rimait à rien, qu'ils en sauraient à peine moins s'ils ne venaient pas en classe. L'idée de démissionner trottait dans sa tête. Seule la perspective de perdre le salaire lui permettant d'acheter ses livres et de payer ses abonnements culturels la retenait.

— Tu as un travail, se répétait-elle alors comme une litanie protectrice. Ne le lâche pas ! Accroche-toi !

Avoir un emploi était un luxe dans une France qui comptait plus de onze millions de chômeurs. Fatima Ousselik marchait vers son domicile, tel un automate, perdue dans ses pensées moroses lorsqu'un cri lui fit reprendre brutalement conscience du monde extérieur :

— Fuyez mad'moiselle. Ils massacrent les rebeux.

Surprise, elle mit une dizaine de secondes avant de repérer le garçon qui l'avait interpellée, un enfant de son école qui courait dans sa direction, affolé. Il la dépassa sans s'arrêter et hurla, avant de disparaître au coin de la rue :

— Sauvez-vous !

Fatima hésita ; elle s'interrogea sur le sens de cet avertissement avant de conclure que le gamin parlait d'une bagarre entre bandes ethniques rivales et de décider de poursuivre sa route. Lorsqu'elle déboucha sur la grande place du marché, elle ne s'aperçut pas tout de suite que des événements anormaux s'y déroulaient. Son esprit mit un certain temps avant de rassembler les faits et de les ordonner en un ensemble cohérent. Quand elle eut enfin compris ce qui se passait, l'horreur la glaça ; des adolescents d'origine européenne menaçaient un groupe de jeunes maghrébins avec un fusil-mitrailleur.

Étrangement, elle n'eut pas la tentation de s'enfuir. Au contraire, elle s'approcha, tel un papillon attiré par une lampe. Celui qui tenait l'arme rompit le silence angoissant qui régnait jusqu'alors, en hurlant d'une voix stridente :

— Le premier qui bouge, je le fais danser à coups de kalachnikov, comme dans les westerns !

Fascinée, effrayée, Fatima regarda fixement l'adolescent qui venait de s'exprimer, un garçon blond au visage grêlé de taches de rousseur, au regard fou.

— Toi, le petit frisé au premier rang. Sors des rangs ! Tu ne cesses de te tortiller ! Tu m'agaces.

Il s'en prenait à Mohamed, que Fatima avait eu comme élève deux ans auparavant, un enfant gentil et calme. Comme le malheureux n'obéissait pas à son injonction, l'activiste arma la culasse de son pistolet-mitrailleur.

— Je compte jusqu'à dix. Si, d'ici là, tu n'es pas sorti, je tire dans le tas ! Un, deux, trois…

Mohamed s'avança en tremblant.

— Voyons si tu danses bien.

Il tira et les balles ricochèrent sur l'asphalte. Mohamed fit un pas en arrière ; une deuxième salve éclata à quelques pas de lui, mais il resta immobile ; ses yeux révulsés, sa bouche ouverte trahissaient la terreur qui le figeait sur place.

— C'est nul ! Tu vas faire mieux.

La kalachnikov aboya encore deux fois sans que Mohamed esquissât le moindre geste.

— T'es pas marrant !

Il visa son ventre, hésita quelques instants, espérant que son souffre-douleur finirait par danser, mais celui-ci restait prostré. La détonation retentit et Mohamed s'écroula sur le sol, l'abdomen en sang ; le tueur s'avança vers lui.

— Il n'est pas mort ! Ces bicots ont la vie dure !

Il appuya le canon de son arme contre la tempe de sa victime. Fatima hurla :

— Arrêtez ! Cela suffit !

Elle était intervenue sans réfléchir, sans avoir conscience de ce qu'elle faisait. Le tortionnaire, surpris, suspendit son geste. Elle bondit vers son ancien élève et, s'agenouillant, lui releva la tête.

— Partez ! ordonna-t-elle, comme si elle réprimandait un enfant dans la cour de récréation.

L'activiste ne répondit pas immédiatement. Sa langue curieusement fit plusieurs allers-retours sur ses lèvres avant qu'il ne lance :

— Voyons si tu danses mieux que ce dégénéré.

Mais un de ses camarades intervint :

— Laisse-la ! Je la connais : elle est sympa pour une bougnoule.

Le regard de Fatima croisa celui qui venait de parler. Elle l'avait déjà vu, mais elle n'arriva pas à se souvenir en quelles circonstances. Un autre des preneurs d'otages grommela :

— La leçon qu'ils ont reçue est suffisante. Filons !

— Foutez le camp au Maghreb ! hurla le tueur. Les vrais Français ne veulent plus de vous. Choisissez : la valise ou le cercueil !

Les terroristes refluèrent lentement en direction de l'avenue Jean-Jaurès, tout en tenant en joue leurs victimes. Quand ils furent arrivés à l'extrémité de la place, ils se mirent à courir, après avoir tiré une salve en l'air pour dissuader quiconque de les suivre. Un silence pesant perdura quelques instants, suivi par une explosion de fureur et de haine. Fatima prit le pouls de Mohamed. Ses yeux étaient révulsés et il ne respirait plus.

— Il est mort, gémit-elle.

Trois semaines en Avril

Elle resta prostrée, agenouillée, incapable de bouger. Une foule s'était agglutinée autour d'elle. On lui arracha le cadavre des bras et on la releva. Elle flottait dans un monde irréel, halluciné, atroce. Bizarrement une question, à laquelle elle n'avait nulle réponse, la hantait : pourquoi avait-elle risqué sa vie ? Pour Mohamed ? Cela n'avait aucun sens.

Elle fut prise d'une envie irrésistible de fuir. Elle entreprit de s'extraire de la foule et de prendre la direction de son appartement, mais une meute l'escorta. On la désignait aux passants, on vantait son exploit tout en vociférant :

— Vengeance ! Mort aux kouffars !

Soudain, Fatima s'aperçut que, derrière elle, on brandissait le corps de Mohamed comme un trophée, que des exaltés se barbouillaient du sang de la victime. Horrifiée, elle se mit à courir, pour échapper à ce cauchemar effroyable.

Les derniers mètres qu'elle dut parcourir avant de regagner le havre de son immeuble furent les pires. La foule était hystérique et elle dut jouer des coudes pour forcer le passage. Lorsqu'elle monta l'escalier pour gagner son étage, les voisins, prévenus par la rumeur, se pressaient sur leur palier pour la féliciter ; elle crut que son calvaire ne finirait jamais. Lorsqu'elle eut refermé et bouclé à double tour la porte de son appartement, elle se précipita dans la salle de bains et vomit avant de se regarder dans la glace : elle était échevelée ; ses habits étaient ensanglantés. Elle les arracha et se jeta dans sa baignoire. Elle passa une demi-heure à se doucher avec frénésie avant de s'étendre sur le canapé de son salon. Elle était épouvantée, en proie à une terreur incontrôlable qui la faisait trembler. Ce pays où des enfants tuaient de sang-froid d'autres enfants était le pays où elle était née, où ses parents avaient vu le jour. Elle avait entendu parler de massacres, d'assassinats, d'une guerre ethnique rampante et sournoise. Elle savait, pour avoir visionné des reportages à la télévision, que régulièrement des attentats à la bombe décimaient l'une ou l'autre communauté, mais elle avait l'impression que ces événements effrayants et sanglants se déroulaient sur une autre planète, dans un univers parallèle. Elle s'imaginait naïvement que Saint-Pierre était un sanctuaire protégé de la folie des hommes. Les yeux de Fatima étaient désormais dessillés : les démons les plus hideux étaient sortis des recoins sombres où ils se cachaient et ils se promenaient en ricanant dans les rues de son quartier.

Chapitre 1

Lorsqu'ils passèrent sous la tour Eiffel, Nicole Alfan proposa subitement à Xavier Dubernard :

— Et si nous nous installions ensemble ?

Nicole était une petite blonde au visage juvénile et rond. Elle était vive et son corps était perpétuellement en mouvement. Xavier faisait contraste avec elle. Il était brun, svelte, calme et la dominait d'une tête. Ses cheveux coupés en brosse et son maintien rigide dénotaient en lui le militaire. Surpris, il ne répondit pas tout de suite. Il se tourna vers sa compagne et la dévisagea. Il la trouvait particulièrement jolie aujourd'hui, en dépit de sa coupe de cheveux trop courte à son gré. En mettant une des rares jupes de sa garde-robe, elle avait fait un effort pour lui plaire.

— Nous prendrions un petit appartement, reprit-elle les yeux pleins d'espoir. Tu me retrouverais les week-ends, pendant tes permissions ainsi que les soirs où tu résiderais dans la région parisienne.

— Devenir la femme d'un militaire ne te fait pas peur ?

— Bien sûr que non. J'ai déjà ce statut.

— Pas vraiment. La situation serait différente.

— Je vois.

— Chérie, je tiens à toi, j'ai seulement peur que tu ne te lasses de moi en attendant tous les jours mon hypothétique retour.

— Arrête d'avancer des excuses foireuses. Tu es lamentable !

Il s'arrêta et prit la tête de la jeune femme entre ses mains.

— Nicole, si j'avais un autre métier, je bondirais de joie devant ta suggestion.

Elle se dégagea, mécontente.

— Que me proposes-tu ? De rompre ? De continuer à nous voir de temps à autre, lorsque tu en auras envie et que tu n'as rien d'autre de plus intéressant à faire ?

— Arrête de minimiser mes sentiments ! Tu comptes énormément pour moi. Tu n'es pas une passade. Plus tard, lorsque j'aurai une affectation dans un état-major, nous en reparlerons.

Ils se remirent en marche.

— Si tu m'aimais, tu n'hésiterais pas.

— Je t'aime, Nicole, seulement je m'interroge : comment réagiras-tu sur le long terme ? Tes sentiments vont s'user au fil de mes absences. Quoi que tu dises, tu n'es pas faite pour devenir la compagne d'un militaire susceptible d'être envoyé sans préavis aux quatre coins de la France.

— Tu doutes de mon amour ?

— Dès que je t'ai vue, tu m'as fascinée. J'ai eu le coup de foudre pour toi ; or il n'était pas partagé, tu t'es lentement habituée à moi, mais je ne suis pas sûr que même maintenant tu m'acceptes tel que je suis. La vie commune sera une épreuve redoutable ; je ne veux la tenter que lorsque les conditions nous seront favorables.

– Tu me fatigues avec tes raisonnements à rallonge. Arrête de me mettre en cause alors que le refus d'approfondir notre relation vient de toi.

Il paniqua à l'idée qu'elle ne se mette à pleurer. Nicole renifla et constata, rageuse :

– Que faisons-nous ?

Ils étaient arrivés devant l'annexe du ministère où il était convoqué. Xavier consulta son bracelet-montre, cadeau de son amie.

– Je suis en retard. Ce n'était pas le bon moment pour aborder la question de la vie en commun. Nous en reparlerons une autre fois, à tête reposée.

– C'est cela !

Elle s'éloigna à grands pas, ivre de colère. Il hésita une poignée de secondes à la poursuivre pour vider l'abcès, y renonça et entra dans le bâtiment administratif, inquiet de l'avenir de sa relation avec Nicole.

Le planton de garde lui donna le numéro du bureau où il devait se présenter. Xavier, troublé par sa dispute avec son amie, perdit un peu de temps avant de trouver l'étage et la porte indiqués. Le colonel Fuch-Wenzel, qui le reçut, le fit asseoir après les salutations d'usage.

– Capitaine Dubernard, lui annonça son interlocuteur, j'ai une bonne nouvelle pour vous : vous allez voler de vos propres ailes.

Le cœur de Xavier bondit dans sa poitrine. Il ne s'attendait pas à être promu si vite.

– Vous allez prendre le commandement de l'unité 102 GR. Vous vous chargerez de la ville de Saint-Pierre. Hier, après les graves émeutes qui se sont déroulées dans les quartiers nord de cette ville, la loi martiale a été proclamée sur l'ensemble de l'agglomération.

Trois semaines en avril

Le colonel fit une courte pause avant d'ajouter :

— Les rapports de vos supérieurs à votre sujet sont élogieux. Vous serez probablement l'homme de la situation. Vous retrouverez vos hommes à Besançon. Des camions vous emmèneront à Saint-Pierre où vous relèverez des parachutistes du 3ᵉ RIMA.

Il lui tendit une pochette bleue.

— Mes services vous ont préparé un dossier : il contient des plans, des photocopies d'articles de journaux et de blogs, des rapports de la DGSI et de la gendarmerie. Je pense qu'il est complet. Étudiez-le et tirez-en vos propres conclusions. Je suis navré d'avoir interrompu votre permission et d'avoir contrarié vos projets de vacances si vous en aviez. Nous avions prévu à l'origine de vous donner ce commandement le mois prochain ; malheureusement, les événements se sont précipités.

— Je n'avais rien prévu de particulier cette semaine.

Il pensa à Nicole, à leurs retrouvailles gâchées.

— Je vous renouvelle néanmoins mes excuses. Nous, les militaires, sommes devenus les hommes à tout faire du pouvoir. Nous tentons de réparer une tuyauterie hors d'usage, qui fuit de tous les côtés, avec du sparadrap. Connaissez-vous le nombre de villes où la loi martiale est en vigueur ? Cinquante-quatre ! Six millions de Français vivent dans des zones contrôlées par l'armée. Si nous n'étions pas là, la France sombrerait dans l'anarchie.

Il darda un regard interrogateur dans celui de Dubernard. Xavier eut l'impression que son interlocuteur le sondait, mais il préféra, par prudence, ne rétorquer qu'un fade « Je ferais pour le mieux. » qui ne l'engageait pas.

— Conformément à la loi Liberté et sécurité, vous serez le proconsul de la République à Saint-Pierre, le seul responsable du maintien de l'ordre. Vous n'aurez de comptes à rendre qu'au ministère de l'Intérieur. Bien entendu, les galons suivront. Je vous souhaite bonne chance pour votre mission. Vous trouverez dans la pochette que je vous ai donnée un billet de première classe. Votre train part à dix-sept heures douze de la gare de l'Est.

Xavier, comprenant que l'entretien était terminé, se leva, salua et prit congé.

Quand il sortit du ministère, il se demanda que faire. Fallait-il rappeler Nicole aujourd'hui ? Ou demain lorsqu'elle serait calmée ? Il avait peur que, quoi qu'il fît, elle n'appartînt à son passé. Pourtant, elle surgit d'un café et traversa la route pour le rejoindre.

— Je te guettais, maugréa-t-elle.

— Mon entretien aurait pu s'éterniser comme la dernière fois.

Il faisait allusion à un autre de leurs week-ends perturbés par une convocation intempestive.

— Au besoin, j'aurai passé la nuit à t'attendre ! Xavier, je suis malheureuse : selon toi, je ne t'aime pas ?

— Quand tu prétends éprouver des sentiments pour moi, tu es sincère ; seulement j'ai peur que tu ne surestimes leur profondeur et qu'ils ne soient en fait superficiels.

— Tu as l'esprit vraiment tordu et tu es un fichu raisonneur, toujours à brasser des arguments scabreux, mais je ne veux plus me disputer avec toi aujourd'hui. As-tu encore du temps de libre devant toi ?

— Plus beaucoup. On m'a confié un commandement important dans le nord du pays. Je reprends mes affaires et je file à la gare de l'Est : j'ai un train à dix-sept heures.

Elle consulta sa montre et, lui prenant la main, l'entraîna :

— Je t'accompagne. Viens.

Trois semaines en avril

Arrivée dans sa chambre d'hôtel, elle se jeta sur lui et ils firent l'amour à la va-vite sans se déshabiller. Ni l'un ni l'autre ne retirèrent de plaisir de cette étreinte rapide.

Au moment de monter dans le wagon qui allait le mener à Besançon, il lui avoua mélancolique :

– J'ignore quand je te reverrai. Ma mission risque d'être prenante et de ne me laisser aucun répit.

– Je t'attendrai patiemment, une vraie Pénélope, nous nous téléphonerons tous les jours et nous communiquerons par Skype.

Elle s'enfuit pour cacher ses larmes.

Dans le train, Xavier rumina. Sa relation avec Nicole semblait mal en point. Il s'en voulait : il aurait dû utiliser des mots différents, moins abrupts, mais qu'auraient-ils changé sur le fond ? Découragé, il se plongea dans le dossier que le colonel lui avait remis. Il lut d'abord un rapport administratif sec et concis sur les émeutes de la veille. Sur la place du marché, au cœur d'un quartier habité principalement par des musulmans, des terroristes avaient pris en otage un groupe de jeunes Maghrébins et avaient abattu de sang-froid un garçon de treize ans. En représailles, de violentes émeutes avaient éclaté, de nombreuses voitures avaient été incendiées, des magasins pillés, trois personnes d'origine européenne égorgées. Parmi les victimes, on comptait deux membres de l'Alliance patriotique, le parti local d'extrême droite, ainsi qu'un homme de soixante ans, un boulanger pourtant bien considéré par toutes les communautés et dont la boutique jouxtait le ghetto Des parachutistes, dont les premiers éléments avaient été amenés par hélicoptère depuis leur base de Givet, étaient intervenus avant que le pogrom ne fît d'autres victimes. Ils avaient dû faire usage de leurs armes pour disperser les manifestants ; malheureusement, un adolescent de quinze ans avait été mortellement blessé par une balle en caoutchouc tirée à bout portant.

Les articles que les services de l'armée avaient sélectionnés à son intention ne lui apportèrent aucune information supplémentaire ; Xavier les trouva néanmoins significatifs tant leurs façons de présenter les faits divergeaient. Le journal local *La Voix de l'Oustrélie* était le plus objectif. Son éditorial avait pour titre « L'horreur ! ». Il déplorait les morts, quels qu'ils fussent, et s'épouvantait devant l'explosion de violence qui avait ravagé la ville.

Le quotidien parisien *L'Expression* parlait à peine des terroristes européens, il insistait sur les émeutes islamistes. Les slogans scandés par les manifestants « Vive Daesh ! Mort aux kouffars ! » revenaient sans cesse sous la plume du journaliste, comme s'il cherchait à effrayer ses lecteurs. Un long article était consacré au malheureux commerçant égorgé par les émeutiers.

En revanche, *Les Frères* », un blog islamiste particulièrement consulté dans la communauté musulmane, ne soufflait mot des victimes européennes. Il appelait à venger la mort des deux adolescents dont les photos s'étalaient sur la page principale du site accompagnées du commentaire « Abattus comme des lapins ! ». Les rédacteurs de ce média extrémiste ne faisaient aucune différence entre les terroristes qui avaient assassiné un gamin de sang-froid et les parachutistes qui avaient tiré pour disperser la foule et éviter un carnage. Dans les différentes photocopies reproduisant les chroniques du blog islamiste, il remarqua un article intitulé « Elle a sauvé la vie de nos frères ». Il présentait une institutrice qui s'était courageusement interposée et avait évité le pire. Il était illustré par le mauvais cliché d'une jeune femme effarée courant au milieu d'une foule compacte, visiblement pris par un téléphone portable.

Mal à l'aise, Xavier rangea dans le dossier les fac-similés des journaux et des blogs. La haine, le rejet de *l'autre* qui sous-tendaient les articles publiés par *L'Expression* et *Les Frères* le préoccupaient. Quand les hommes en arrivaient à exécrer autant leurs adversaires, tout dialogue devenait impossible ; les relations entre communautés ennemies étaient alors régies par la violence et le rapport de force. Le constat amer du colonel Fuch-Wenzel lui revint à l'esprit et lui sembla malheureusement pertinent. : « Nous essayons de réparer une tuyauterie hors d'usage avec du sparadrap. »

La loi martiale qu'on venait d'instaurer était une réponse dérisoire aux problèmes de Saint-Pierre. Si Xavier avait de la chance, il réussirait avec ses hommes à rétablir en façade l'ordre républicain dans l'agglomération, néanmoins l'incendie continuerait, souterrain et ravageur. S'il n'en avait pas, même cet objectif minimal ne serait pas atteint.

Chapitre 2

François Vace rédigeait un tract pour l'Alliance patriotique, le parti qu'il dirigeait, lorsque l'un de ses militants pénétra dans la pièce qui lui servait de bureau. Le nouveau venu prit soin de refermer la porte derrière lui avant de s'approcher de son chef :

— Tu avais raison, François, grommela-t-il à voix basse. C'est bien Allowich qui a abattu l'Arabe. Son copain Wurtz vient de cracher le morceau au Bar des alouettes.

— Wurtz est un abruti ! Si j'étais mouillé dans cette tuerie, je ne m'en vanterais pas. J'ai consulté ce matin nos fichiers. Allowich a adhéré l'année dernière à notre mouvement de jeunesse, heureusement il n'a pas renouvelé sa cotisation. Nous allons prétendre que nous l'avons exclu pour extrémisme. Que penses-tu du communiqué que *La Vix de l'Oustrélie* a accepté de publier ?

— Je ne l'ai pas lu. Que dit-il ?

— « L'Alliance patriotique condamne autant le meurtre d'un adolescent musulman que les lâches égorgements de Français de souche. Ceux qui ont laissé se constituer sur le sol national des communautés étrangères, ferments de guerre civile, portent une grande responsabilité dans ces massacres provoqués par l'exacerbation des tensions religieuses et ethniques. Seule l'expulsion des immigrés non assimilables rétablira la paix et la sécurité. »

— Pas mal ! Tu arrives à dire l'essentiel tout en respectant les conventions que le Pouvoir impose.

— Les Saint-Pierrais ont désormais peur des musulmans. Si nous participons aux municipales de juin, nous avons de grandes chances de les gagner.

— Ouais, si le ministère de l'Intérieur ne nous exclut pas d'ici là du scrutin.

— Je vais tout faire pour maintenir un cordon sanitaire entre Allowich et l'Alliance, pour que personne ne fasse le moindre amalgame entre ce dingue et nous. Après cela je ne peux que te donner raison : nous sommes à la merci du préfet. Il peut à tout moment interdire notre liste, juste pour un pet de travers.

— La France est un pays de merde, une dictature insidieuse qui fait semblant d'être une démocratie.

Vace soupira :

— Patience. Le peuple finira bien par imposer son point de vue.

Dans le local de l'association sportive qui servait de couverture à sa milice islamiste, l'émir Salah El Assam commença sa harangue en scandant un verset du Coran. Il ne décolérait pas depuis la veille ; il s'en voulait et rageait de ne pas être intervenu à temps pour sauver Mohamed. Les terroristes s'étaient enfuis depuis une dizaine de minutes lorsqu'il était enfin arrivé sur la place du marché avec une poignée de camarades rameutés en urgence. Il ne s'était pas lancé à la poursuite des tueurs, car ils avaient trop d'avance pour qu'il puisse espérer les rattraper. Rendu furieux par l'attentat, il avait ordonné à ses hommes de s'en prendre au mobilier urbain et aux voitures des mécréants, déclenchant une émeute dont il avait vite perdu le contrôle. Lorsque les parachutistes avaient ouvert le feu pour disperser la foule, il avait préféré ne pas engager l'épreuve de force et avait enjoint à ses partisans de se replier. Tout en ruminant son échec, il avait longuement réfléchi et mûri une stratégie, car l'intervention des militaires changeait la donne.

— Écoutez-moi ! aboya-t-il. Je ne veux aucun problème avec les kouffars ! Je répète ! Pas un seul ! Est-ce clair ?

Il fusilla du regard l'assistance et personne n'osa protester. Seul Ali Ben Aidiche, l'adjoint d'El Assam que protégeait sa soumission à l'émir, demanda timidement :

— Nous les laissons nous narguer chez nous sans rien faire, alors ?

— Nous leur présenterons la note plus tard, mais uniquement quand je le déciderai ! En attendant, rien ! Pas de pierres, pas d'insultes, pas d'inscriptions sur les murs ! Je m'occuperai personnellement de celui qui me désobéit.

Quand la réunion fut terminée, l'émir interpella Ali Ben Aidiche d'un ton revêche :

— Viens avec moi ! Il faut que je te parle !

Mal à l'aise, Ali le suivit. Son chef allait-il lui reprocher sa timide intervention de tout à l'heure ? Il sentait peser sur lui les regards de ses camarades. El Assam le conduisit à l'écart dans un coin de la pièce.

— J'ai quelqu'un à voir ce soir. Tu m'accompagnes. On emmène aussi les frères Assad. N'en parle à personne d'autre. Rendez-vous à vingt-deux heures ici. Sors trois fumants de leur cachette.

Ben Aidiche retourna vers les autres, en se demandant ce qu'il allait leur dire pour apaiser leur curiosité.

Xavier finissait d'étudier le rapport que lui avait remis le colonel Fuch-Wenzel lorsque son train entra dans la gare de Besançon. Il referma son dossier et rassembla ses affaires à la hâte. Il avait maintenant une idée claire de l'agglomération qu'il allait administrer. Les descendants d'immigrés qui habitaient Saint-Pierre étaient essentiellement d'origine maghrébine. Ils se concentraient dans le quartier nord de la ville. Leurs ancêtres avaient été recrutés à la fin de la guerre d'Algérie par les usines sidérurgiques de la région pour pallier le manque de main-d'œuvre européenne. Quand vingt ans plus tard les sites industriels produisant de l'acier avaient fermé les uns après les autres, le chômage avait explosé chez les fidèles du Prophète. Il n'était pas rare de trouver dans cette communauté des familles où deux générations successives n'avaient travaillé que par intermittence. Comme dans tous les ghettos musulmans, deux forces suppléaient dans ce quartier à l'effondrement de l'autorité de l'État : d'un côté, les islamistes qui rejetaient les valeurs occidentales, de l'autre, les trafiquants de drogue qui prospéraient au milieu de la misère générale. Dans certaines villes, ces deux factions coopéraient, voire fusionnaient. Parfois l'une avait éradiqué l'autre, mais à Saint-Pierre, elles ne s'étaient ni affrontées ni alliées.

Dans le quartier de la gare vivaient des Européens de souche aussi démunis que leurs compatriotes musulmans. La majorité de ces *petits Blancs* soutenait un mouvement nationaliste, l'Alliance patriotique, elle-même dépassée dans son extrémisme par des groupuscules identitaires encore plus radicaux. Depuis l'interdiction de l'ancien parti d'extrême droite et l'impossibilité de le reconstituer au niveau national, de petites ligues locales l'avaient remplacé.

Dans les deux communautés, des associations d'auto-défense s'étaient constituées. Heureusement, ces milices avaient peu d'armes de guerre à leur disposition et la DGSI estimait que ni les terroristes islamiques regroupés sous la bannière du FLI ni les poseurs de bombes des groupes Charles Martel ne disposaient de caches ou de relais à Saint-Pierre.

Sur le quai de la gare, un officier s'approcha de Xavier :

— Capitaine Dubernard ? Lieutenant Idriss Ben Hamou de l'unité 102 GR. Je serai votre adjoint.

Ben Hamou avait tiqué en découvrant l'âge du capitaine choisi pour diriger sa section. Quand son ancien chef avait été muté à Paris, il avait espéré lui succéder, mais ses supérieurs en avaient décidé autrement. Dubernard lui serra énergiquement la main.

— Je suis persuadé que nous ferons du bon travail ensemble.

Ben Hamou perçut comme de l'arrogance dans le sourire de Dubernard et se renfrogna.

— Je n'en doute pas. Vous verrez : nos gars sont très bien.

— Tant mieux ! On se tutoie ?

— Si tu veux.

Idriss était mécontent. Il était plus âgé que son nouveau supérieur, pourtant il n'était pas monté aussi vite que lui en grade. Depuis quelque temps, il se demandait si son origine ethnique ne jouait pas contre lui et si l'impulsivité que sa hiérarchie lui reprochait et qui nuisait à sa carrière n'était pas un masque brandi pour dissimuler un préjugé raciste.

Ben Aidiche arriva bien avant l'heure fixée par son chef, mais les jumeaux Assad l'avaient précédé. Ils se prénommaient pour l'état civil français Brandon et David. Leur mère avait choisi leurs noms en référence à une série américaine à la mode pendant sa grossesse. Ils avaient jeté ces patronymes yankees aux orties et se faisaient appeler

Ahmed et Abou. C'étaient deux colosses placides, fidèles comme des chiens, qui ne parlaient guère.

Ils durent patienter un long moment. Ben Aidiche commençait à se demander s'il ne s'était pas trompé d'heure lorsque l'émir arriva en courant. Il les entraîna jusqu'au terrain de sport. À la fin du siècle précédent, la municipalité l'avait aménagé afin qu'il serve d'exutoire aux jeunes du quartier. Elle ne l'avait jamais rénové depuis. Les installations sportives s'étaient lentement dégradées et l'ensemble tenait désormais plus du terrain vague que du complexe sportif. Seuls les poteaux des buts de football étaient intacts et de nombreux matchs amicaux se disputaient sur la pelouse défoncée. El Assam se plaqua avec ses trois compagnons contre une palissade.

— Frère, ordonna-t-il à son adjoint, va en éclaireur sur le terrain. Un type va te rejoindre. Tu le fouilles pendant qu'il procède de même sur toi. Il ira me chercher pendant que toi tu ramènes Mamouni. Fais bien gaffe que ce dernier ne dissimule pas de fumant sur lui.

Ben Aidiche eut un sursaut de colère. Son chef n'allait quand même pas parlementer avec Mamouni, le trafiquant de drogue ! Mais El Assam le toisa et lui fit baisser la tête.

Méfiant, Ali enjamba la clôture et avança prudemment vers le centre de la pelouse. Une ombre surgit de l'obscurité et s'approcha de lui. Sans parler, les deux hommes se palpèrent consciencieusement. Puis chacun alla chercher le patron de l'autre. Les deux chefs se rencontrèrent au centre du terrain. Ils congédièrent leurs subordonnés, car nulle oreille indiscrète ne devait entendre ce qu'ils avaient à se dire.

— Tu vas bien ? demanda le dealer, un homme petit, au visage émacié et glabre.

— Pourquoi veux-tu me voir ?

Trois semaines en avril

— Nous avons le même ennemi : les kouffars. S'ils se baladent à leur guise dans le quartier, je serai embêté pour récupérer et revendre la marchandise ; je vais perdre beaucoup trop de pognon si mes dealers doivent tout déménager à chaque passage des giaours. Mais je n'ai pas assez d'hommes pour les foutre dehors ; j'ai besoin de ton appui

— Et si je les renseignais sur ton trafic ? Ils me débarrassent de toi. Si je reste tranquille, ils dégagent dans un an et tu ne traîneras plus dans mes pattes !

— Quelles sont tes conditions ? Tu as un marché à me proposer, sinon jamais tu n'aurais accepté de me rencontrer.

— Le cadi Rabah Alem va se présenter aux municipales. Je ferai une campagne d'enfer et il sera au second tour. Ce sera alors donnant donnant avec le maire kafir : nous le soutiendrons s'il déverse une pluie de subventions sur les croyants.

Alem réglait les conflits entre ses coreligionnaires en se basant sur la charia pour rendre ses verdicts. Les musulmans du quartier avaient, depuis longtemps, renoncé à s'adresser aux tribunaux français.

— Accouche ! Dis-moi ce que tu veux ! s'impatienta Mamouni.

— Des kalas et du liquide pour les affiches et les tracts d'Alem, mais je te préviens : je ne ferai rien avant les élections. Après je déclenche l'enfer. S'il le faut, je buterai un ou deux soldats kouffars, afin pour qu'ils comprennent qui est le maître. Ces bouffons n'oseront plus sortir de leur caserne et nous foutrons la paix. Nous serons les rois chez nous.

— N'attends pas ! Emmerde-les maintenant.

Trois semaines en avril

— Non je te dis ! Après les élections ! Quand j'aurai fait casquer les giaours et obtenu le pactole pour les croyants.

— Avec les flics dans les pattes, je tiendrai quatre mois, pas plus. Tu auras intérêt à mettre le paquet dès qu'on aura voté. Bon, d'accord pour financer le cadi ! Pour les kalas qu'est-ce qui me dit que tu ne vas pas t'en servir contre moi.

— À prendre ou à laisser !

— Tu veux quelle quantité ?

— Cinq cents sulfateuses, cent lance-roquettes. Des grenades et des explosifs !

— N'importe quoi ! Tu dérailles !

— Je te le répète : à prendre ou à laisser !

— Arrête de déconner : tu ne m'impressionnes pas. Tu auras vingt fusils d'assaut, trois lance-roquettes et cinq caisses de grenades, rien de plus, sinon, autant que je ferme la boutique. Tu auras la moitié demain. Quand les Babtous auront déguerpi, tu auras le reste.

— Et pour Alem ?

— Cent mille francs !

— Allonge des euros !

L'euro qui subsistait en Europe du Nord était la monnaie de référence en France. Le franc se dévaluait si vite !

— Cinq mille euros demain.

— Tu n'es pas large. J'aurais besoin de quatre fois plus !

— Comme cela, je suis sûr que tu n'utiliseras le fric que pour Alem.

— Tu es un rat.

— Écoute, nous n'allons pas jouer les marchands de tapis plus longtemps. Décide-toi et vite.

— Tant pis, j'ai pas le choix. Marché conclu.

— Ne me demande plus rien d'autre par la suite. Je perds trop de fric, là.

— Arrête de te plaindre. Tu m'énerves. Pourquoi tu empoisonnes les croyants avec ta daube ?

— Les giaours en consomment plus qu'eux !

Ils se quittèrent sans se dire au revoir, irrités l'un contre l'autre. L'émir retrouva ses hommes qui l'attendaient, inquiets.

— On file, aboya-t-il, pour se donner une contenance.

Il ajouta pour répondre aux muettes questions de Ben Aidiche :

— On a besoin de fumier pour engraisser la terre !

Lorsqu'ils furent de retour au local de leur association, l'émir congédia les jumeaux tout en retenant son adjoint. Il ressentait le besoin de faire approuver ses plans par son second alors que depuis le matin il lui avait donné des ordres qui l'avaient choqué sans lui expliquer ses raisons. Il exposa longuement ses objectifs et Ben Aidiche l'écouta, fasciné. Ses doutes et ses interrogations furent balayés. Une nouvelle fois, il fut ébloui par le charisme de Salah et la profondeur de ses vues. Par un effet de miroir, l'émir utilisait l'admiration qu'il lisait dans les yeux de son camarade pour se rassurer sur la justesse de ses choix.

En même temps qu'il parlait, Salah rêvait d'un autre système social, juste, fraternel, régi par la charia, dans lequel les croyants ne seraient plus des marginaux méprisés et montrés du doigt. Lorsque cette nouvelle société basée sur les lois islamiques serait solidement installée, les compromis sordides et boiteux qui lui auraient permis de naître seraient oubliés et envoyés dans les poubelles de l'histoire, d'où nuls ne les feraient sortir.

Ali écouta son chef jusqu'à l'aube. Il ne le quitta que pour se rendre à son travail. Il déchargea alors jusqu'à huit heures du matin un camion qui ravitaillait un des supermarchés du quartier. Le propriétaire, un musulman, faisait appel de temps à autre à ses services. Il le payait au noir, chichement, en prétendant ne pouvoir lui donner plus.

— Trop de vols, trop de charges, gémissait-il sans cesse.

C'était sa façon de lui faire sentir que la milice de Salah facturait trop cher la vague protection qu'elle offrait.

Lorsque Ben Aidiche rentra chez lui, sa mère se leva pour l'accueillir. Elle ne lui fit pas de reproches, mais il devina qu'elle s'était beaucoup inquiétée.

— J'ai discuté avec Salah, grommela-t-il pour s'excuser de n'être pas rentré dormir avant son travail.

Il jeta sur la table la liasse de billets si péniblement gagnés. Sa mère les ramassa prestement et un pâle sourire éclaira son visage : elle échapperait cette semaine à l'aide sociale. Quand elle n'avait plus d'argent, elle était obligée de se mêler à la queue qui se formait tous les jours ouvrables devant la mairie annexe, car on y distribuait parcimonieusement de la nourriture. Elle se sentait humiliée de devoir mendier et de tendre la main, mais elle avait six enfants à charge et son mari avait disparu depuis longtemps.

— Ton cousin Assour a appelé hier soir, lui apprit-elle. Il prétend qu'il t'obtiendra bientôt un visa.

Ingénieur, Assour avait décroché un contrat de travail dans la zone franche de Tanger. Depuis, il essayait de faire embaucher Ali par son usine, sans parvenir jusque-là à ses fins. Le Maroc, malgré son boom économique, répugnait à faire appel à de la manœuvre extérieure. Il redoutait d'être submergé par les immigrants venus d'Europe.

— Assour répète la même chanson depuis trois ans, Maman !

Trois semaines en avril

Il désespérait ; il ne s'installerait jamais dans le Rif. Il était coincé dans ce pays pourri. Jusqu'à la fin de sa vie, il déchargerait des caisses en entendant le propriétaire se lamenter sur l'argent qu'il lui donnait. Son petit frère, Saïd, fit son apparition.

— Tu n'es pas encore habillé ? l'interrogea Ali.

Il le soupçonnait de vouloir manquer les cours.

— J'ai bien le temps.

— Saïd, tu iras à l'école ! Tu devrais déjà être parti.

Dans une dérisoire tentative de reprise en main, on avait décrété que les allocations familiales seraient diminuées en cas d'absentéisme scolaire. Malgré leur faible montant, montant que l'inflation rongeait mois après mois, ces prestations constituaient la seule source de revenus de Mme Ben Aidiche en dehors du travail épisodique d'Ali. Le RSA avait fait naufrage depuis longtemps, quand la France avait dû présenter en catastrophe un budget en équilibre et tailler dans ses dépenses sociales.

— J'irai dans ta satanée école, hurla Saïd en s'emparant d'un gâteau dans le placard. Mais pour ce que ça sert !

Ali le regarda, épuisé. Son frère avait raison : aller en classe ne rimait à rien et pourtant les enfants devaient faire semblant d'étudier. Pour gagner les quelques billets qui permettaient à leurs familles de survivre, ils étaient contraints de s'asseoir des journées entières et d'écouter d'une oreille distraite des cours indigestes qui ne leur seraient d'aucun profit puisque nul travail ne les attendait une fois leur diplôme obtenu. Le système était absurde. Comme le répétait Salah, la civilisation occidentale avait fait faillite. Il était grand temps qu'elle cède la place et que s'installe un émirat islamique sur ses ruines.

Chapitre 3

Monté dans le camion de tête du convoi qui l'emmenait avec ses hommes dans leur nouvelle garnison, Xavier découvrit brusquement Saint-Pierre, à la sortie d'un col. La ville s'étalait en contrebas, frileusement resserrée autour de sa cathédrale noircie par les ans. De gigantesques usines la cernaient de toutes parts, mais bien peu des titanesques cheminées qui montaient vers le ciel fumaient encore. Le jour, triste et blafard, rendait encore plus lugubre cette première impression. À l'arrière du camion, les hommes, qui discutaient joyeusement jusqu'alors, se turent brusquement, sans raison apparente, et c'est dans un silence seulement troublé par le ronronnement sourd du moteur diesel qu'ils pénétrèrent dans Saint-Pierre.

La ville était d'une laideur oppressante. Xavier crut jusqu'au bout qu'il trouverait une maison, un monument, un parc, un endroit agréable à l'œil, quelque chose qui sauverait la cité d'une disgrâce complète, mais quand ils quittèrent le centre-ville, il comprit que cet espoir était vain.

Les parachutistes qui quadrillaient la cité depuis trois jours avaient réquisitionné, pour leur servir de caserne, un gymnase crasseux situé près de la frontière invisible qui séparait les quartiers des musulmans et des *petits Blancs*. Xavier eut un haut-le-cœur en découvrant l'endroit sordide où ils logeraient, mais le choix d'un bâtiment suffisamment vaste pour les abriter et stratégiquement bien placé devait probablement être restreint. Le lieutenant-colonel qui commandait le dispositif militaire mis en place après les émeutes accueillit la relève avec satisfaction.

— La ville est calme, c'est l'essentiel, apprit-il à Xavier. Au début, les gamins nous jetaient des pierres. Maintenant, ils nous évitent et je n'aime pas plus leur nouvelle attitude que l'ancienne. On se demande toujours ce que ces excités complotent. Quel est l'effectif de votre unité ?

— J'ai avec moi quatre sections complètes.

— Seulement ! Ils sont chiches au ministère, mais je suppose qu'ils n'ont plus beaucoup de réserves disponibles, qu'ils ont dû racler les fonds de tiroir et alléger le dispositif dans une autre ville pour vous déployer ici.

Après un rapide déjeuner de travail où son prédécesseur lui décrivit en détail la situation, Xavier passa en revue avec lui les barrages que ce dernier avait fait dresser aux endroits stratégiques. Il décida de n'installer ses hommes que dans les points de contrôle qui lui semblèrent absolument indispensables. À contrecœur, il fit évacuer les autres check-points, faute d'effectif suffisant pour les tenir. Il ne maintint aucun barrage à l'intérieur du ghetto musulman, se contenta de contrôler les deux entrées principales. Le quartier était semblable à une île ; cerné par l'autoroute et la voie ferrée, il était facile de l'isoler en bouclant ses accès. Pour compléter le dispositif, Dubernard enverrait ses hommes patrouiller régulièrement dans le ghetto et marquer ainsi la présence des forces de sécurité.

Lorsque les parachutistes se furent installés dans les camions venus les remmener à leur base, leur chef de corps prit congé de Xavier, visiblement soulagé d'en avoir fini.

— Bonne chance pour votre mission. En cas de coup dur, nous reviendrons sûrement vous épauler, enfin si nous n'avons pas été appelés ailleurs.

Il salua gravement et courut rejoindre son véhicule. Lorsque ses collègues furent partis, Xavier sentit peser sur ses épaules le poids de ses responsabilités. Il se secoua et ordonna à son second :

— Idriss, mets-toi en tenue de gala. Nous allons prendre contact avec un responsable de milice dans le quartier musulman.

— Combien d'hommes nous accompagneront ? Quel armement emporteront-ils ?

— Nous irons seuls, sans escorte et à pied. Je refuse toute provocation inutile. Une patrouille motorisée stationnera à l'entrée du quartier, prête à intervenir. En cas de besoin, elle doit pouvoir nous rejoindre en quelques minutes.

— Nous risquons d'être pris à partie !

— Nous verrons bien, mais à mon avis que nous soyons en grand uniforme désarmera l'hostilité à notre égard

Idriss n'était pas convaincu mais il s'inclina : il donna les ordres nécessaires avant de se préparer.

Lorsqu'ils passèrent le barrage dressé à l'entrée du ghetto, Ben Hamou, tendu, ne put s'empêcher de grommeler :

— Quand même, je ne suis pas rassuré.

— Détends-toi, Idriss. Si tu parais trop crispé, les habitants de ce quartier le percevront et se montreront plus agressifs.

— Tu n'as pas peur d'être pris pour cible par des tireurs embusqués ?

— Ils craignent trop nos représailles pour s'attaquer à nous.

— Je te trouve bien trop optimiste !

— Je n'ai pas l'effectif suffisant pour quadriller le faubourg musulman alors que je devrais le faire. Quand la force manque reste l'audace.

Ben Hamou se tut, maussade. Il avait l'impression de servir de bouclier et de passeport du fait de son origine ethnique. Comment expliquer autrement que les deux responsables de l'unité s'aventurent ensemble dans un quartier en ébullition sans que l'un ne fût laissé en arrière pour organiser une éventuelle riposte ? Ben Hamou se sentait humilié par le rôle que son capitaine lui faisait jouer.

Malgré les inquiétudes d'Idriss, leur incursion dans le ghetto ne suscita aucun incident. Les passants d'origine maghrébine semblaient mécontents de les voir et les dévisageaient avec hostilité, mais ils restèrent à distance. Comme la zone qu'ils traversaient était encore mixte, ils croisaient aussi quelques rares Européens qui paraissaient pressés de rentrer chez eux. Sans doute avaient-ils peur d'être pris à partie. Les deux officiers passèrent devant l'école de Fatima Ousselik, au moment de la sortie des classes. Xavier se souvint d'avoir lu le nom du groupe scolaire dans l'article du blog islamiste vantant l'héroïsme de la jeune femme :

— Entrons là. Je dois interroger une institutrice qui aurait arrêté la tuerie de vendredi, annonça-t-il à son adjoint.

— D'où tires-tu cette information ?

— Du dossier qu'on m'a remis à Paris. J'espère qu'elle est là, qu'elle est bien venue en cours. J'ai fort peu de renseignements sur l'attentat et elle devrait pouvoir m'en donner.

Ils franchirent la porte de l'établissement, escortés par une nuée de gamins qui firent demi-tour pour les suivre. Aucun n'était d'origine européenne. Il devait y avoir pourtant quelques Français de souche qui fréquentaient l'école, mais leurs parents les avaient probablement par prudence gardés à la maison. Xavier sortit une poignée de bonbons qu'il avait emportés à dessein et la jeta en l'air. Sur leur emballage, une inscription garantissait qu'ils ne contenaient pas de gélatine de porc. L'armée en fournissait systématiquement aux unités chargées de faire respecter la loi martiale. Les plus agiles des enfants s'emparèrent furtivement des friandises, sans manifester leur joie, comme s'ils avaient honte.

Il identifia Fatima grâce à la photo parue sur le blog islamiste *Les Frères*. Elle discutait dans la cour avec une mère d'élève. La jeune enseignante était épuisée tant l'émotion et le choc l'avaient terrassée ; elle était restée couchée tout le week-end. Ce matin, elle avait retrouvé un peu d'énergie et s'était traînée jusqu'à l'école. Elle trouvait pénible d'affronter les regards admiratifs et les félicitations de ceux qu'elle croisait. Elle n'était pas une héroïne, juste une fille qui avait perdu la tête et agit sous le coup d'une pulsion incontrôlable. Elle avait eu de la chance que la mort ne sanctionne pas sa folie.

Néanmoins, elle appréciait le nouveau comportement de ses élèves à son égard. En élevant à peine la voix, elle obtenait le silence, chose inimaginable la semaine précédente. Les enfants la respectaient et lui obéissaient désormais sans rechigner.

Fatima était vêtue d'un tailleur bleu et d'un chemisier fleuri. Un diadème de velours jaune retenait ses longs cheveux bruns. Deux boucles d'oreilles, fines et dorées, encadraient son visage. Malgré son désarroi, elle s'était, comme toujours, impeccablement maquillée. Aux yeux de Xavier, qui avait des goûts rétrogrades en la matière, elle incarnait le summum de la féminité. Le soleil fit, au même moment, une timide apparition et cette éclaircie influença inconsciemment l'officier : il la trouva plus jolie qu'elle ne l'était en réalité. Lorsqu'elle vit les militaires s'approcher, la mère d'élève s'empressa de prendre congé pour leur laisser la place :

— Je suis le capitaine Dubernard et voici le lieutenant Ben Hamou, se présenta Xavier. Nous sommes responsables de la sécurité de cette agglomération. Vous êtes bien la personne qui est intervenue pendant la tuerie de vendredi ? Vous avez probablement déjà répondu à de nombreuses questions, mais si cela ne vous dérange pas, j'aimerais vous poser les miennes.

— Vous serez le premier à m'interroger. Personne ne m'a rien demandé.

— La police ne vous a pas contactée ?

— Non, je vous assure !

Sans doute les inspecteurs n'avaient-ils pas commencé leurs investigations dans le ghetto musulman pour éviter d'exciter les esprits. Ils attendaient que la situation se stabilisât.

— Je m'en doutais, car je n'ai trouvé aucun détail précis dans les rapports que j'ai pu consulter, seulement des généralités. Pouvez-vous me raconter ce que vous avez vu ? À moins que je ne vous retarde ? Si vous le souhaitez, nous pouvons remettre à plus tard cet entretien.

— Non, autant vous renseigner tout de suite. Que voulez-vous savoir exactement ?

– J'aimerais que vous me livriez tous les détails de l'attentat, même ceux qui vous sembleraient secondaires.

Il sortit un carnet de sa poche pour prendre des notes. Elle n'avait parlé à personne de l'horreur qu'elle avait vécue. La raconter à l'officier la soulagea, tout en la déprimant.

– Voilà, j'ai tout dit, je crois, conclut-elle quand elle eut enfin fini, je ne vois rien d'autre à ajouter.

Xavier l'avait écoutée, en faisant du regard l'aller et retour entre les pupilles vertes de l'enseignante et la feuille de carnet qu'il avait couverte de notes.

– Avez-vous identifié l'un des terroristes ? chuchota-t-il pour ne pas être entendu des derniers enfants présents dans la cour : un de vos anciens élèves, un habitant du quartier ou quelqu'un avec qui vous avez eu affaire ?

Fatima hésita :

– Je connais le jeune homme qui a intercédé en ma faveur, mais je ne me rappelle pas où ni quand je l'ai rencontré. Et même si je m'en souvenais, je garderais ces renseignements pour moi. J'ai une dette envers lui. Il m'a sauvé la vie.

– Je comprends tout à fait. Et les autres ?

– Désolée ! Tout s'est passé si vite et j'étais émue.

Xavier sentit que Fatima en avait assez et qu'elle était au bord des larmes. Il referma son carnet.

– Je vous remercie pour votre collaboration.

Il lui sourit et elle darda son regard dans ses yeux. Ils restèrent ainsi quelques instants à s'observer, sans bouger, sans parler.

– Au revoir, mademoiselle, finit-il néanmoins par dire.

Il pivota avant de se diriger vers la sortie, mais en entendant le cliquetis des talons aiguilles de Fatima, il ne put s'empêcher de se retourner. La jeune femme était à un pas derrière lui et elle saisit l'occasion pour engager à nouveau la conversation.

— Le soleil s'est déjà caché. Il n'est pas resté longtemps.

En même temps qu'elle prononçait ces mots, elle prit conscience de leur indigence, mais c'étaient les seuls qui lui étaient venus à l'esprit. Xavier n'eut pas le loisir de lui répondre. Un homme leur barra la sortie, un Européen d'une quarantaine d'années, de petite taille, aux cheveux bruns frisés. Xavier reconnut Dominique Boug, le maire de Saint-Pierre ; il avait vu sa photo dans l'exemplaire du journal local que Fuch-Wenzel lui avait remis.

— Mlle Ousselik, je suis content de vous trouver. En voyant tout le monde sortir, j'ai eu peur de vous rater. J'étais persuadé que les cours s'arrêtaient à cinq heures. Heureusement, vous êtes encore là ! Messieurs, salua-t-il en s'apercevant tout à coup de la présence des militaires.

Il se désintéressa d'eux et, se précipitant vers la jeune femme, s'empara de sa main droite.

— Mademoiselle, votre intervention de vendredi est fantastique. J'ai tenu à vous rencontrer pour vous féliciter.

Surprise, Fatima ne réagit pas et resta silencieuse, tant elle était gênée par ces compliments qu'elle trouvait injustifiés. Un photographe, qui était entré sur les talons de Boug, brandit son appareil.

— Puis-je prendre un cliché ? Pour *La Voix de l'Oustrélie*.

Elle accepta et sourit même quand le journaliste le lui demanda. Le maire sortit une carte qu'il tendit à la jeune femme.

— Je suis pressé et je ne peux pas m'attarder, mais je vous consacrerai plus de temps lors d'une prochaine entrevue. J'aurai besoin de personnes comme vous dans mon conseil municipal. Aussi, j'aimerai vous associer à la liste que je vais mener lors des prochaines municipales.

— Vous me prenez de court ! Je ne sais pas quoi vous répondre.

— Donnez-moi votre numéro de portable, je vous prie. Ma secrétaire vous contactera pour vous fixer un rendez-vous ; nous prendrons alors le temps de dialoguer et je vous expliquerai mon projet. J'espère vous associer à mon combat contre l'extrémisme.

Elle obéit, docile. Xavier en profita pour vérifier les coordonnées de la jeune femme, qu'il avait notées en début de leur entretien. Il devait pouvoir la joindre rapidement si ses hommes appréhendaient des suspects

— Merci ! Je vous renouvelle mes félicitations. Bonne fin de journée.

Xavier l'arrêta alors qu'il s'en allait.

— Monsieur le maire, je suis le capitaine Xavier Dubernard chargé du maintien de l'ordre dans votre agglomération.

Boug se retourna.

— Enchanté de faire votre connaissance, capitaine.

— J'aimerais m'entretenir avec vous.

— Je vous recevrai avec plaisir à l'hôtel de ville. Pardonnez-moi, je suis attendu.

Il remonta dans sa voiture garée devant l'entrée et démarra en trombe.

— Vous avez un maire plutôt expéditif, remarqua ironique Ben Hamou.

— Je ne saurais vous dire, répondit Fatima. C'est la première fois que j'ai affaire à lui.

Ils se remirent en marche et sortirent de l'école. Comme ils partaient dans la même direction, Xavier se sentit obligé de demander :

— Nous nous rendons avenue Henri-Barbusse, nous ne nous trompons pas de chemin ?

— Non. Je l'emprunte pour rentrer chez moi.

Elle mentait, elle devrait pour l'accompagner faire un détour, mais elle était tellement traumatisée par la tuerie qu'elle redoutait de se retrouver seule dans la rue. Quelques enfants les escortèrent à distance. Ils empruntèrent un boulevard bordé d'immeubles de brique rouge recouverts de tags le plus souvent écrits en arabe. Ils ne rencontrèrent pas d'hostilité déclarée, mais les passants se retournaient sur leur passage et observaient de loin le trio insolite, les deux militaires en tenue de gala et la jeune femme élégante.

— Vous exercez un métier passionnant ! Vous devez beaucoup l'aimer, remarqua Xavier pour relancer la conversation.

— Je le déteste, avoua-t-elle abruptement.

Surpris par la franchise de la réponse, Xavier n'osa plus poser de questions. Ils se séparèrent devant le local de l'association sportive qui servait de couverture à la milice de Salah El Assam. Elle lui tendit la main. De nouveau, ils se regardèrent quelques instants, incapables de communiquer autrement que par l'intermédiaire de leurs pupilles. Cette fois-ci, ce fut elle qui baissa les yeux la première ; elle prit congé d'Idriss avant de s'enfuir d'un pas vif, ses talons cliquetant sur la chaussée.

Le local qui abritait les réunions de la pseudo-association sportive de l'émir étant fermé, Dubernard interpella les gamins qui les entouraient.

— L'un d'entre vous accepterait-il d'aller chercher Salah El Assam ? S'il est libre, je serais heureux de le rencontrer.

Aucun ne bougea.

— Vous ne le connaissez pas ?

Personne ne répondit à sa question.

— Asseyons-nous quelques instants, proposa Xavier à son adjoint.

Ils s'installèrent sur un banc de bois à demi rongé dans ce qui avait été autrefois un square. Le cercle des gamins qui les entouraient devenait de plus en plus dense. Quelques moqueries se firent entendre. Une sourde inquiétude gagna Xavier : ne prenait-il pas des risques inconsidérés en se promenant sans escorte dans une zone secouée trois jours auparavant par de graves émeutes ?

— As-tu l'intention de rester ici jusqu'au soir ? chuchota Idriss qui s'énervait.

— Nous partons dans cinq minutes.

Comme il disait ces mots, un homme encore jeune, vêtu d'un jean et d'un tee-shirt noir, s'avança vers eux.

— Vous désiriez me voir ?

— Êtes-vous Salah El Assam ? Capitaine Dubernard, lieutenant Ben Hamou. Nous souhaiterions en effet vous parler.

— Si vous voulez bien, messieurs les militaires, me suivre dans mon bureau.

Il avait prononcé ces paroles sur un ton ironique et moqueur qui fit éclater les enfants de rire. Multipliant les facéties obséquieuses, il les fit entrer dans le local de son association, une pièce meublée avec un lot de chaises dépareillées et qui dégageait une forte odeur d'humidité. Xavier attaqua d'emblée, sans propos liminaires :

— Je ne vais pas user de la langue de bois. Je m'adresse à vous, car vous dirigez la principale organisation d'auto-défense de ce quartier. L'un des objectifs de l'unité que je commande et qui a été déployée à Saint Pierre est de protéger vos coreligionnaires et d'éviter qu'un nouveau massacre ne se produise. Ne considérez pas mes hommes comme des ennemis.

Salah cracha par terre pour marquer son mépris.

— Les croyants n'ont aucun ami chez les flics.

— Avez-vous des renseignements sur les auteurs des tueries ?

— L'un d'entre eux portait l'uniforme des parachutistes.

— Il s'agit d'un malencontreux accident. Mes collègues n'ont ouvert le feu que pour sauver des vies humaines. Je comprends et trouve légitime la colère de votre communauté ; cependant jeter de l'huile sur le feu ne vous mènera à rien.

— Ben voyons ! Malgré toutes les injustices que nous subissons, il faut que nous restions soumis et surtout que nous ne nous rebellions pas ! Qu'y gagnerions-nous ? Ce quartier sera-t-il moins minable ?

— Je suis sensible à vos critiques, je vous assure. Néanmoins, vos sympathisants n'ont aucun intérêt à nous mettre des bâtons dans les roues, puisque notre principale mission est d'assurer la protection des musulmans contre les terroristes d'extrême droite.

— Arrêtez de jouer à l'officier compatissant. Vous puez l'hypocrisie. En fait vous les kouffars voyez d'un bon œil les ordures qui ont abattu notre martyre. Vous gerbez en pensant à nous ! Tout est de notre faute ! L'insécurité, la crise économique. Pour vous, nous ne sommes que des pouilleux et des mendiants. Vous nous parquez dans des quartiers sordides en nous donnant juste assez de nourriture pour que nous ne crevions pas de faim ! Un jour, vous nous foutrez dehors ou vous nous massacrerez. Vos mensonges ne servent qu'à nous endormir.

La posture victimaire de Salah ne surprenait pas Xavier tant elle était répandue chez les musulmans ; il avait été formé pour répondre au mieux à ce type de discours et tenter de limiter les heurts.

— Votre analyse est excessive, injuste et erronée. Je représente le gouvernement, qui est au service de l'ensemble de la nation française et de toutes ses communautés. À mes yeux, les habitants de votre quartier sont des concitoyens comme les autres. J'insiste : je cherche à protéger au mieux vos coreligionnaires.

— Délire pas ! Nous ne sommes pas français ! Nous ne sommes que des pouilleux d'Arabes !

Xavier, voyant son interlocuteur s'énerver, préféra battre en retraite conformément aux consignes reçues pendant sa formation.

— Malheureusement, nous perdons notre temps. Vous refusez ma main tendue alors que j'étais venu vers vous avec les meilleures intentions du monde. Cependant, je ne changerai pas pour autant ma disposition d'esprit. Une autre fois, j'espère que nous pourrons dialoguer plus sereinement. Si vous avez à vous plaindre de mes hommes, n'hésitez pas : venez m'en parler à notre QG. Vous y serez toujours bien reçu.

Il avança sa paume droite, mais l'émir refusa de la serrer. Salah ouvrit la porte et cria à destination des gamins qui attendaient devant l'entrée :

— Je ne ferai jamais ami-ami avec un soldat kafir et encore moins avec un valet des mécréants, ajouta-t-il en lançant un regard noir à Idriss. Je vous autorise à vous balader à votre guise dans notre bidonville, mais n'en demandez pas plus !

Il cracha par terre et son jet de salive frôla le pied de Ben Hamou. Dubernard sortit, mais arrivé sur le seuil, il se retourna et jeta d'une voix forte, pour que tous ceux qui s'étaient massés pour les regarder puissent entendre sa remarque :

— Si j'étais à votre place, je réagirais peut-être de la même façon que vous, mais je commettrais alors, comme vous, une erreur monumentale.

Ils fendirent la foule des gamins qui s'écartèrent devant eux. Ben Hamou avançait la tête baissée, penaud et mal à l'aise. El Assam, qui n'avait cessé de l'observer à la dérobée pendant l'entretien confia, à Ben Aidiche venu aux nouvelles :

— Tu as remarqué l'attitude gênée du gradé rebeu ? Quand je parlais avec le kafir, je le voyais approuver plus ou moins ce que je disais. Je vais le convertir, mon frère. Tu vas voir !

Rentrée chez elle, Fatima s'efforça de se calmer tant son esprit était en pleine ébullition. Elle pensait à la fois à la proposition du maire et à Xavier. L'idée d'entrer au conseil municipal lui semblait saugrenue. Qu'y ferait-elle ? Elle ne connaissait rien à la gestion d'une ville. Pourtant, tout en se trouvant ridicule de bâtir des plans sur la comète, elle supputait les avantages qu'elle tirerait de cette nomination. Si elle devenait conseillère municipale, sa directrice et l'inspecteur ne pourraient plus la traiter comme quantité négligeable ainsi qu'ils le faisaient jusqu'à présent.

Le visage de Xavier flottait également dans sa mémoire. Sans doute était-il marié ou en couple. Et s'il était libre, pourquoi s'intéresserait-il à elle ? En outre, il n'y avait que peu de chances pour qu'elle le revît. Une culpabilité sous-jacente aggravait son malaise. Qu'elle eût regardé un homme dans les yeux, sans baisser la tête, aurait horrifié sa mère. Le jour où Fatima était partie prendre son poste à Saint-Pierre, Mme Ousselik l'avait sermonnée :

— Ma fille, je compte sur toi. Ne me fais pas honte. Méfie-toi des hommes ! Ils mentent si bien. Ils te saoulent de belles paroles, alors qu'ils ne désirent, en fait, que coucher avec toi. Lorsqu'ils sont parvenus à leurs fins, ils s'en vont et tu restes seule avec ta honte. Réserve-toi pour ton mari.

Sa mère était morte peu de temps après d'un cancer. Elle n'avait plus jamais abordé ce sujet, mais Fatima se sentait engagée par ces paroles maternelles. Elles traçaient autour de sa vie une ligne rouge invisible qu'elle se croyait incapable de franchir. Fatima n'était jamais sortie avec un homme. Elle n'avait jamais l'occasion de rencontrer un mari potentiel ; les deux instituteurs de son école étaient en couple et quinquagénaires ; elle ne participait à aucune activité culturelle ou sportive et aurait trouvé déshonorant de s'inscrire sur un site de rencontres.

Elle s'était résignée à rester célibataire. Elle se laissait aller, quelquefois, à rêver d'un conjoint, mais en trouver un qui lui conviendrait relevait de la quadrature du cercle. Elle ne pouvait pas, bien sûr, se marier avec un chrétien, et l'expérience de sa mère lui faisait peur. Lorsqu'elle avait épousé son père, sa maman le croyait parfaitement intégré au mode de vie occidental. Mohamed Ousselik n'était pas pratiquant. Au grand désespoir de sa femme, il avait brusquement changé. Il s'était mis à fréquenter la mosquée, avait cloîtré son épouse et l'avait obligée à porter le voile. Alors que Fatima avait dix ans, il était entré clandestinement en Syrie pour rejoindre l'émirat islamique. Après son départ, il n'avait plus jamais donné de ses nouvelles. Avait-il été tué ? Croupissait-il en prison ? Avait-il refait sa vie au Levant ? Aucune des nombreuses démarches effectuées par sa femme auprès des autorités syriennes ou françaises n'avait abouti. Mme Ousselik n'était pas affectée outre mesure par la disparition de son mari ; une de ses rares confidences hantait sa fille.

— Si demain ton père réapparaissait, je lui ferais bon accueil bien sûr, mais je serais quand même désolée qu'il revienne. Pourtant, j'étais si heureuse le jour de mon mariage !

Mohamed Ousselik avait manqué à sa fille, mais pendant toute son adolescente, Fatima avait tu sa souffrance, par affection pour sa mère, qui ressentait l'absence de son mari comme une libération.

Elle débarrassait la vaisselle du dîner, lorsqu'on sonna à sa porte. Son visiteur était un homme barbu d'une trentaine d'années vêtu à la manière salafiste.

— J'ai à te parler, déclara l'inconnu.

— Qui êtes-vous ?

— Je suis l'émir El Assam.

Elle avait entendu parler de lui. Une boule d'angoisse se forma dans son ventre et elle se recula pour lui permettre d'entrer.

— Rassure-toi ma sœur, je serai bref. On m'a rapporté que le maire est venu te voir. Tu as eu tort de lui serrer la main et de te laisser prendre en photo à ses côtés. Tu es une héroïne et tu vas faire de la publicité gratuite à cette crapule, car demain, la photo de votre rencontre fera la une du journal des kouffars. Refuse de le revoir. Envoie-le sur les roses s'il te relance. N'aie plus aucune relation avec ce mécréant !

Il s'interrompit quelques minutes avant d'assener :

— Une croyante n'a pas le droit de vivre seule, sans un père, un frère ou un mari pour la guider et lui expliquer ce qui est bien ou mal. Choisis-toi vite un bon époux, un homme pieux. Si tu veux, je peux t'aider à en trouver un. Et surtout, donne l'exemple à tes élèves en te couvrant les cheveux en public et en ne t'habillant plus comme une infidèle.

Sur ces dernières paroles prononcées d'un ton amical, il tourna les talons et sortit de l'appartement. Fatima dut s'asseoir sur son canapé, tant l'émotion qu'elle ressentait était intense : elle bouillonnait de rage. Pour qui se prenait cet olibrius pour dicter sa conduite à une femme qu'il ne connaissait pas ? La sourde révolte que sa mère avait nourrie contre son père remontait en elle. Elle avait été le réceptacle impuissant de la rancœur maternelle. Pendant des années, au moment de sortir, Mme Ousselik avait hésité à porter le foulard, mais elle l'avait toujours noué, non sans pester contre les islamistes qui l'avaient remis à la mode. Fatima n'avait pas l'intention de se laisser dominer comme sa mère. Ce pseudo-émir auto-proclamé n'avait pas le droit de s'immiscer dans ses affaires. Elle refusait d'être une perpétuelle mineure ; sa vie n'appartenait qu'à elle et elle avait le droit d'en faire ce qu'elle voulait.

Nicole décrocha immédiatement lorsque Dubernard l'appela.

— Salut mon chéri, lança-t-elle joyeuse, comment vas-tu ?

Son ton sonnait faux : il sentit qu'elle jouait un rôle soigneusement préparé ; pour le convaincre qu'elle pouvait être une compagne de militaire patiente et résignée, elle était capable de guetter toute la journée son portable à la main, prête à bondir dès la première sonnerie.

— Tu m'as manqué, prétendit-il.

Cette phrase était banale, vraie et fausse à la fois et ne l'engageait pas.

— Où es-tu ?

— J'ai atterri dans une ville affreuse qui ne te plairait pas.

Ils passèrent sur WhatsApp ; elle était vêtue avec un de ses caleçons informes et un de ces tee-shirts délavés qu'elle affectionnait. L'image de la féminine Fatima apparut en filigrane, en contre-point dans son esprit. Tout au long de son interminable et insipide conversation avec Nicole, elle prit de la vigueur et de la force. Lorsqu'il raccrocha, il fut incapable de contenir plus longtemps l'envie qui le taraudait. Il sortit de sa poche le carnet sur lequel il avait noté le numéro de Fatima. Depuis qu'il l'avait quittée, il ne cessait de penser à la façon dont elle l'avait fixé. Il y avait lu comme une invitation. Il tapa avec rage les chiffres sur le clavier.

— Mademoiselle Ousselik ? Xavier Dubernard à l'appareil. Le capitaine qui vous a rendu visite cet après-midi.

— Oui, balbutia-t-elle, le cœur battant.

— Je ne téléphone pas pour des raisons de service. Je m'étais dit que peut-être… enfin je voulais vous inviter un soir au cinéma ou à dîner.

Comme elle ne répondait rien, il battit en retraite :

— J'ai eu tort de vous importuner. Je vous présente mes excuses.

— Oui, répondit-elle.

— Au revoir.

— Attendez. Je suis d'accord pour sortir avec vous. Je trouve que c'est une bonne idée.

— Quand êtes-vous libre ?

— Tous les soirs.

— Demain ?

— Parfait.

— Où voulez-vous que nous nous retrouvions ?

— Devant la gare, vous connaissez ?

– Je trouverai. Si jamais une complication de dernière minute se présentait, je vous préviendrais.

Sitôt qu'elle eût raccroché, Fatima se demanda comment elle avait pu accepter en quelques minutes l'invitation d'un inconnu, chrétien de surcroît ! Elle ne se reconnaissait plus, mais aussitôt la visite de l'émir lui revint à l'esprit et elle fut contente d'avoir dit oui. En sortant avec un *mécréant*, elle défierait solennellement l'islamiste. Pour un peu, elle aurait ouvert la fenêtre pour crier la nouvelle. Effrayée, elle ressentait une brise, une émotion, un vertige. La vie remuait enfin en elle. Elle vomissait son existence monotone et sans espoir, ces jours qui se succédaient pareils et ternes. Elle étouffait et elle devait se libérer de ce carcan. Brisée par les événements qui s'enchaînaient à un rythme infernal, elle alla se coucher, espérant que le sommeil apporterait des réponses à ses problèmes. Néanmoins, elle eut beaucoup de mal à s'endormir et, pendant son insomnie, ses angoisses et ses désirs s'exacerbèrent jusqu'à atteindre leur paroxysme.

Chapitre 4

François Vace se tenait sur ses gardes ; il devait faire attention aux propos qu'il tiendrait devant le militaire hautain qui venait d'entrer dans son bureau.

— J'ai coutume d'être direct, monsieur, commença Xavier. Connaissez-vous les auteurs de la tuerie de vendredi soir ?

Vace hésita une poignée de secondes.

— Non, finit-il par répondre.

— Bien entendu, je n'accuse pas votre mouvement d'avoir organisé cet attentat, cependant je pense que les meurtriers partagent vos idées. Soyez franc ! Aucune rumeur ne vous est parvenue ?

— Aucune ! Je me refuse à écouter les ragots !

— Menez une enquête auprès de vos adhérents et rapportez-moi tout ce que vous aurez glané. Je vais être encore plus direct. Si j'apprends que vous m'avez caché des faits ou que votre organisation est mêlée à ce meurtre, même indirectement, je transmettrai un rapport au préfet recommandant l'interdiction de vos activités à Saint-Pierre.

— Ferez-vous preuve du même zèle pour traquer les égorgeurs islamistes ?

— Évidemment ! Je viendrai demain aux nouvelles. En sortant, j'apposerai sur la vitrine de votre permanence cette affichette.

Il déplia devant les yeux de Vace une feuille jaune qui proposait une forte récompense à quiconque fournirait des renseignements sur l'attentat de vendredi.

— Mes hommes en colleront partout dans l'agglomération.

Quand son visiteur fut parti, Vace jeta avec rage son stylo sur le sol. Il était coincé dans une nasse et ne voyait pas comment s'en dégager. Cet illuminé d'Allowich dont les amis ne savaient pas tenir leur langue serait vite identifié et arrêté et il l'entraînerait dans sa chute. Il n'existait qu'une seule issue pour s'en sortir sans dommage : dénoncer lui-même le meurtrier, en faisant taire son sens de l'honneur. Mais la perspective de devenir un délateur lui était insupportable bien que le crime de l'activiste le dégoûtât. Vace n'était pas violent. Il ne rêvait pas, comme d'autres, d'exterminer les Arabes. Pour lui, les Maghrébins n'étaient pas des êtres inférieurs. Il souhaitait les voir partir, dans l'ordre et la dignité, sans humiliations superflues. Au fond de lui-même, il n'était pas dupe : ce départ était utopique. Il luttait quand même au nom d'une France idéalisée et mono-ethnique, d'un pays fantasmé qu'il savait pourtant disparu pour toujours. Vace se défendait de bonne foi d'être raciste ; il faisait néanmoins des musulmans les boucs émissaires de la crise épouvantable qui balayait le pays. La dépression économique sans précédent qui ravageait les États-Unis et l'Europe, la sortie de l'euro, le chômage qui ne cessait de grimper, la misère généralisée étaient autant d'événements sur lesquels il n'avait nulle prise et contre lesquels il protestait à sa manière. Son engagement tenait plus de l'exorcisme que de la raison. Ils étaient des millions à penser comme lui en France et l'addition de ces sentiments générés par le désespoir menait le pays au bord de l'implosion.

Fatima passa son mardi comme dans un rêve, un étrange désir lui fouaillant les entrailles. En se réveillant, elle avait envisagé de ne pas se rendre à son rendez-vous et d'envoyer un texto pour s'excuser, mais elle balaya rapidement ses hésitations. Elle irait et saisirait l'occasion jusqu'au bout. Toute la journée, elle réfléchit à la toilette qu'elle porterait le soir. Elle se précipita chez son coiffeur pendant la pause de midi et courut après la classe s'acheter un sac et des chaussures assorties.

Elle était habillée, sur le départ, lorsque son téléphone sonna. Elle se pétrifia, son rêve se brisait ; Xavier, sans doute, se décommandait. Elle resta quelques minutes, immobile avant de décrocher et de lancer d'une voix hésitante :

– Allô !

– Dominique Boug à l'appareil. Ma secrétaire vous a téléphoné à deux reprises aujourd'hui, sans que vous repreniez contact. Pouvons-nous nous rencontrer demain ?

Elle avait écouté les messages que la collaboratrice du maire avait laissés sur son répondeur, mais elle n'avait pas jugé bon de la rappeler.

– Je n'ai aucun moment de libre ce mercredi, je dois préparer mes cours.

– Un soir de cette semaine ? Ou pendant les vacances scolaires ? Quel jour vous conviendrait ?

Le ton comminatoire de Boug la braqua.

– Je verrai.

– Mademoiselle, une entrevue me semble indispensable. Vous pouvez incarner un pont entre nos deux communautés.

Elle l'interrompit.

– Je suis pressée. Quand j'aurai le temps et l'envie, je téléphonerai au numéro laissé par votre assistante. Au revoir. Ne me recontactez pas, vous iriez à l'encontre du résultat escompté.

Elle coupa la communication. Elle, d'ordinaire si soumise et si timide, se permettait, ce soir, toutes les audaces. Elle s'empressa de mettre son manteau, vaporisa du parfum sur ses vêtements et quitta son logement. Elle serait en avance, mais qu'importe. Elle voulait rêver jusqu'au bout.

Lorsqu'elle arriva dans la rue, elle prit le temps de regarder tout autour d'elle, pour identifier d'éventuels guetteurs envoyés par l'émir, avant de hausser les épaules ; elle devenait paranoïaque. Elle n'était pas assez importante pour qu'El Assam la fasse surveiller et, même s'il avait délégué des espions au bas de son immeuble, elle serait sortie malgré tout. Elle brûlait ses vaisseaux avec allégresse et n'avait plus qu'un but : plaire à Xavier Dubernard qui incarnait tous les désirs qu'elle avait si longtemps refoulés.

Dominique Boug resta, perplexe, quelques minutes le combiné à la main. Il n'avait jamais envisagé une telle réaction. En quelques heures, Fatima Ousselik était devenue une pièce maîtresse de sa stratégie de reconquête de l'opinion. Discrédité par un scandale provoqué par la condamnation d'un de ses proches pour favoritisme, il avait vu dans les émeutes le moyen de rebondir, surtout lorsqu'il avait appris que les islamistes allaient se présenter aux élections municipales que d'ordinaire ils boycottaient.

Être un rempart contre les extrémistes des deux bords serait sa chance. Il avait pris le risque d'aller dans un quartier à peine pacifié pour s'afficher avec la jeune femme. Pendant sa visite, il avait craint le pire, les insultes, la pierre qui jaillit, l'émeute qui recommence. Il n'y avait eu aucun incident et il avait marqué un point en s'exhibant sur les lieux de l'affrontement tout en le faisant savoir grâce au journal local. En outre il avait pu rencontrer Fatima. Si elle le rejoignait, elle doperait sa liste. Alors que jusqu'à la semaine dernière il ignorait son existence, elle lui semblait désormais incontournable. Il avait cru que la convaincre serait un jeu d'enfant, mais il s'était trompé. Il enrageait devant sa résistance alors qu'il entrevoyait enfin le moyen de s'extraire de l'ornière où il s'était embourbé.

Idriss Ben Hamou lisait un magazine allongé sur son lit de camp lorsque le caporal qui était de garde vint le trouver.

— Mon lieutenant, un homme veut s'entretenir avec vous ou plutôt, selon ses termes, « discuter avec le gradé maghrébin ».

— Vous a-t-il donné son nom ?

— Non.

— Amenez-le dans le bureau du patron !

— Il refuse d'entrer. Il préfère discuter avec vous à l'extérieur.

— OK, j'arrive !

Il remit ses chaussures en maugréant et suivit son subordonné. Salah El Assam l'attendait à quelques pas du poste de garde. Ben Hamou eut peur de tomber dans un piège : il s'avança vers l'émir en ordonnant à la sentinelle en faction d'engager un chargeur dans son fusil-mitrailleur et de le couvrir.

— Je suis venu uniquement parce que mon supérieur est absent, sinon il m'aurait par principe remplacé, grommela-t-il quand il se fut suffisamment approché. Dans l'armée française, on ne choisit certainement pas ses interlocuteurs suivant leur origine ethnique.

L'émir ricana :

— Éloignons-nous ! Ce que j'ai à dire est confidentiel.

Il essaya de l'entraîner dans un recoin sombre, mais Idriss, méfiant, ne le suivit pas. El Assam se résigna et revint sur ses pas. Il chuchota :

— Veux-tu devenir le chef de l'armée musulmane de libération que je suis en train de mettre sur pied ? J'ai besoin d'hommes comme toi, qui savent se servir des armes et qui connaissent les méthodes de combat occidentales.

Ben Hamou ne rejeta pas d'emblée la proposition afin d'en savoir un peu plus.

— Vous avez choisi un nom de choc pour votre milice. Avez-vous des effectifs en nombre suffisant pour la qualifier d'armée ?

— Pour l'instant, je ne dispose que de quelques militants déterminés. Il faut un début à tout.

— Quels objectifs assignez-vous à votre armée ?

— Protéger le territoire de l'émirat islamiste que je vais bientôt proclamer.

Idriss réprima difficilement un fou rire.

— Vous avez de grandes ambitions !

— Tôt ou tard, un État musulman s'installera sur une partie de ce pays. Prends le train en marche. Nous te fournirons tout ce que tu voudras. Tu veux de l'argent ? Tu auras trois fois ta solde actuelle. Des filles ? Aucun problème ! Tu demandes et on te donne.

— Je ne suis pas un mercenaire !

— Tu en es un puisque tu t'es engagé dans l'armée des giaours. Ne joue pas au Français : tu es et tu restes un Arabe.

— J'ai le droit de vous arrêter en vertu de la loi martiale.

— Tu ne feras rien sans l'autorisation de ton maître. Tu aurais trop peur de provoquer une émeute en son absence.

Trois semaines en avril

L'émir sortit de sa poche une enveloppe qu'il plaça prestement entre les mains de son interlocuteur.

— Cadeau ! Je n'exige rien en échange. Je te donne juste un acompte. Tu n'es pas obligé de déserter tout de suite. Commence par nous fournir des armes.

Idriss eut envie de laisser tomber l'enveloppe sur le sol, mais il n'en fit rien. Plus tard, il ne sut pas s'expliquer pourquoi il l'avait gardée. Il la glissa discrètement dans la poche supérieure de sa vareuse et s'éloigna sans un mot tandis qu'El Assam chuchotait rageusement :

— N'oublie jamais que tu es un Arabe, mon frère. Arrête de trahir ton peuple !

Le reste se perdit dans la nuit. Rentré dans le réduit qui lui servait de chambre, Ben Hamou ouvrit l'enveloppe. Elle contenait une liasse de billets crasseux. Songeur, il la referma et la remit dans sa poche en se disant qu'il la transmettrait à son supérieur quand il reviendrait, mais une petite voix rageuse lui murmurait qu'il ferait alors un marché de dupe.

Fatima arriva en avance ; elle s'assit sur un banc juste en face de l'entrée principale de la gare. Elle pouvait scruter du regard les rues avoisinantes, ignorant laquelle Xavier emprunterait pour la rejoindre. Le temps s'écoula lentement sans qu'il apparaisse. Lorsqu'elle prit conscience que l'heure du rendez-vous était dépassée depuis dix minutes, elle paniqua.

— Il ne trouve pas la gare, se répéta-t-elle pour conjurer l'angoisse qui montait en elle.

À mesure que l'aiguille avançait, indifférente, sur le cadran de sa montre, le monde se fissurait autour d'elle. Oh non ! Ce n'était pas possible : il allait arriver ; son rendez-vous ne pouvait pas tourner court ; elle n'avait pas renversé toutes ces barrières pour rien ; elle n'allait pas retrouver cette vie monotone et insipide qu'elle ne supportait plus.

Alors qu'elle n'était plus qu'une petite chose déboussolée et désemparée qui n'osait pas téléphoner pour ne pas perdre son ultime espoir, il surgit enfin. Folle de joie, elle se précipita vers lui. Elle traversa la rue sans regarder et obligea une voiture à freiner pour l'éviter.

— Je suis désolé de vous avoir fait attendre. J'ai eu du mal à dénicher un fleuriste ouvert.

Il lui tendit un bouquet de roses rouges qu'elle prit en tremblant. Il lui mentait sur les raisons de son retard. En proie à un sentiment de culpabilité, il avait longuement téléphoné à Nicole. Il l'avait pourtant appelée une heure auparavant. Il était en civil. Ses habits étaient mal assortis : un jean bleu et un parka rouge. Il offrait un contraste saisissant avec la jeune femme dont chaque détail de la toilette avait été étudié avec soin. Avec sa jupe noire, sa veste cintrée, son chemisier gris perle, son foulard de prix qui lui protégeait la gorge, son collier et ses boucles d'oreilles de cristal, elle incarnait aux yeux de Xavier la quintessence de la femme, telle qu'il se l'imaginait dans ses fantasmes rétrogrades.

— Je vous embrasse ? proposa-t-il.

Elle accepta, guindée, et chacun déposa furtivement ses lèvres sur les joues de l'autre.

— Je vous préviens. S'il y a le moindre incident dans l'agglomération, mes hommes ont pour consigne de me prévenir. Dans ce cas, je vous abandonnerai aussitôt pour rentrer à notre campement.

Il avait pris un risque calculé. Jamais il n'aurait dû abandonner son poste alors que les émeutes étaient si récentes, mais l'attrait de Fatima était si fort qu'il lui avait fait mettre de côté sa prudence naturelle.

– Ne vous inquiétez pas, je comprendrais très bien.

– Avez-vous faim ? Voulez-vous manger d'abord ?

Elle acquiesça d'un hochement de tête.

– Dans quel restaurant souhaitez-vous aller ? Un établissement gastronomique de préférence.

– Je ne suis pas capable de vous conseiller dans ce domaine. Je suis rarement entrée dans une brasserie, sauf pour quelques dîners avec des collègues. En fait, je ne suis jamais sortie avec un garçon.

Elle se trouvait ridicule et en même temps elle était soulagée ; elle tenait à l'informer le plus rapidement possible de son manque d'expérience, même si son aveu était incongru. Il répondit maladroitement :

– Je suis déjà sorti avec des filles, mais je n'ai pas l'habitude d'aborder et de draguer des inconnues.

Il pensa à Nicole, qu'il trahissait, à Nicole qu'il pensait pourtant aimer.

– Je n'aurais pas accepté votre invitation si je vous prenais pour un coureur de jupons, comme on disait autrefois.

Gênés par ces confidences malhabiles, ils se sourirent pour se donner une contenance. Il lui proposa d'entrer dans la brasserie située en face d'eux. L'établissement était décoré sans goût et avait besoin d'être rénové. Ils s'assirent dans un coin face à la porte et commencèrent à parler. Ce furent d'abord des propos de circonstance un peu compassés, puis les mots et les sujets vinrent plus facilement. La phrase qu'elle lui avait lancée la veille avait beaucoup marqué Xavier, et il finit par demander :

– Ainsi, vous détestez votre métier ?

Elle lui raconta son combat ingrat contre des élèves insolents que l'enseignement qu'elle dispensait n'intéressait guère. Elle le regardait bien dans les yeux, sans les baisser, fière et soumise à la fois. Elle devinait son trouble, son désir et s'en délectait ; perturber un homme lui procurait une bizarre satisfaction érotique qui lui remuait les entrailles.

— De nos jours, le choix d'un métier sûr est restreint, constata-t-elle. Je réussissais bien à l'école. J'aurais pu sans difficultés devenir cadre ou ingénieure, mais, avec le chômage, j'ai préféré ne prendre aucun risque. J'ai sans doute eu tort. Et vous, aimez-vous être militaire ?

— Pas vraiment ! Comme vous, j'ai choisi avant tout la sécurité de l'emploi.

— Quels sont vos centres d'intérêt ?

Il lui parla de son amour immodéré pour la lecture. Il cita ses auteurs, ses œuvres préférés. Elle lui donna les siens en retour. Ils se découvrirent des affinités intellectuelles, même si leurs goûts divergeaient. Fascinés l'un par l'autre, ils dînèrent sans vraiment faire attention à la nourriture qu'on leur avait servie. Quand le repas fut expédié, ils se hâtèrent de gagner le ciné-club de la ville. Elle était une droguée de cinéma, elle y allait toutes les semaines pour visionner des vieux films ou des œuvres étrangères sous-titrées. Elle eut du mal à se concentrer sur l'écran. De savoir qu'un homme était assis, près d'elle dans le noir, la troublait. Elle aurait voulu, tout en le redoutant, qu'il profitât de l'obscurité pour lui faire des avances, pour la toucher, hélas il restait sage. N'y tenant plus, elle approcha sa main de la sienne et l'effleura. Elle fut déçue ; il ne bougea pas.

Lorsqu'ils sortirent du cinéma, il lui proposa de la raccompagner. Elle hésita : elle avait envie de prolonger au maximum cet instant magique, mais en même temps, elle avait peur que les espions d'El Assam ne les voient ensemble :

— D'accord, mais je vous renverrai à mi-chemin. Je vous dirai à quel endroit me quitter.

Elle avait failli ajouter « pour éviter d'être aperçue en votre compagnie », mais elle n'osa pas lui avouer ses craintes.

— Vous n'aurez pas peur de rentrer seule chez vous ?

— Depuis que vos hommes y patrouillent, mon quartier est devenu sûr. En outre, j'ai une bombe lacrymogène dans mon sac.

En fait, elle appréhendait le voyage de retour, mais il ne pouvait pas l'escorter jusqu'au pied de son immeuble. Ils marchèrent lentement vers le ghetto en échangeant quelques propos convenus. Elle aurait voulu que le temps se fige. Elle redoutait de retrouver sa grisaille quotidienne. Elle avait abattu les barrières, muselé ses tabous. Aurait-elle la force de recommencer un autre jour ? Elle craignait, une fois retournée dans sa coquille, d'être incapable d'en ressortir. Arrivée à un carrefour situé en face d'un centre commercial, elle murmura, penaude :

— Je préfère que nous nous quittions là.

Il avisa un bar encore ouvert.

— Je vous offre un dernier café ?

Elle accepta, enthousiaste. Lorsqu'ils se furent installés, ils se regardèrent à nouveau droit dans les yeux. Les pupilles de Fatima brillaient d'un étrange éclat. Ils étaient émus l'un et l'autre et ne se résignaient pas à se séparer. Pour alimenter la conversation, Xavier demanda :

— Votre maire vous a-t-il contactée depuis hier ? Allez-vous rejoindre sa liste ?

— Il m'a appelée juste avant que je ne sorte. Il m'a fait son numéro de charme, a prétendu que j'incarnerais un pont entre les deux communautés. Mais je vais probablement décliner son offre. Je suis incompétente et la personnalité du maire me gêne. Il a été compromis dans deux scandales financiers.

— Le dossier que l'on m'a remis lorsque j'ai pris ce commandement contenait des articles du *Monde* évoquant ces affaires. Le parquet a classé sans suite les enquêtes qu'il avait ouvertes. Nous devons donc le considérer comme innocent.

— À mon avis, il s'est montré surtout habile pour cacher ses turpitudes. L'édition dominicale de *La Voix de l'Oustrélie* faisait le point sur les municipales. Trois listes principales vont s'affronter dans ma ville, celle du maire, celle des islamistes prônant la charia et demandant la fin de la mixité des écoles et dans les transports, et celle de l'Alliance patriotique qui veut renvoyer les musulmans au Maghreb ou en Turquie. Je trouve symbolique le choix qu'auront les électeurs de Saint-Pierre : des fanatiques ou un corrompu. On ne peut mieux illustrer l'impasse dans laquelle se trouve notre pays.

— Je ne connais pas les arcanes du dossier monté contre Boug, mais ce qu'on lui reproche me semble anodin. Ce sont des broutilles. En fait, les hommes politiques ne sont ni pires ni meilleurs que nous. Leurs petits arrangements avec la loi sont, à leur échelle, les mêmes que les nôtres.

— Pour ma part, je refuse de le dédouaner, répéta-t-elle têtue.

Il eut sans l'avoir vraiment voulu un geste tendre : il posa sa main sur celle de Fatima.

— L'idée de Boug est belle. Vous auriez pu former un pont entre les communautés, montrer que la meilleure voie est celle de l'entente et non celle de l'affrontement. Dommage que cet idéal soit porté par un homme comme votre maire. La réconciliation entre les deux rameaux du peuple français mériterait un autre défenseur, moins ambigu et plus sincère.

Il avait bien conscience d'être déformé par son métier, de répéter à la moindre occasion la propagande lénifiante du gouvernement, alors que la réalité était bien plus complexe que la vérité simpliste qu'il était chargé de défendre. Le cœur de Fatima battait très fort dans sa poitrine. Assise en face de la porte vitrée du café, elle apercevait de l'autre côté de la rue les néons criards d'un hôtel à réception automatique. Elle ruminait une idée démente. Elle s'effrayait de l'audace de son désir et en même temps elle avait l'impression de voir une porte se refermer lentement devant elle, une porte qui serait close pour toujours si elle ne bondissait pas pour en forcer le passage. Elle bredouilla, tout bas :

— Si nous prenions une chambre dans l'hôtel d'en face ?

Stupéfait, il écarta sa main et la dévisagea sans répondre. Désespérée par sa réaction, elle hoqueta, honteuse de sa suggestion.

— Je vous ai choqué ?

Il secoua la tête.

— Non, pas du tout ! Néanmoins, je trouve votre proposition un peu prématurée. Faire l'amour est un pas important dans une relation.

Il eut soudain envie de lui parler de Nicole, mais il se retint. Lâchement, il ne voulait pas briser les liens qu'il nouait avec elle.

— Je ne te demande rien, aucun engagement de ta part, même pas celui de me revoir. C'est ce soir ou jamais !

— Je n'ai pas beaucoup de temps. Je dois rentrer au campement.

— Tu n'es pas si pressé, tout de même.

Par les yeux, ils se parlaient aussi et il fut gagné par sa folie.

— Attends-moi !

Il alla aux toilettes chercher une boîte de préservatifs. Il s'attarda, voulant lui laisser le temps de se raviser, voire de s'enfuir ; elle n'avait pas bougé lorsqu'il revint dans la salle. Elle le guettait, le visage immobile, les lèvres pincées.

— Nous y allons ? demanda-t-il, mal à l'aise, en réglant l'addition.

Elle se leva et reprit le bouquet de roses rouges qu'elle avait posé sur la table. Elle arborait un air égaré et son regard était halluciné, comme si elle avait conscience de commettre une sottise. Il se demanda s'il ne devrait pas être raisonnable pour deux, s'il ne devait pas la dissuader d'aller plus loin, mais il se sentait incapable de résister à son désir. Avant d'entrer sa carte bancaire dans l'appareil de réservation automatique de l'hôtel, il réussit cependant à lui tendre une ultime perche.

— Tu veux vraiment ?

Elle murmura un oui à peine audible. Arrivés dans la chambre, ils s'assirent sur le lit et s'embrassèrent sur la bouche pour la première fois. Quand ils se séparèrent, elle avoua, penaude :

— Je n'ai jamais fait l'amour ; je suis vierge.

Il se révolta :

— Pourquoi m'as-tu choisi ? Es-tu sûre de ne pas le regretter dès demain ?

Mais elle avait franchi trop de barrières et ne pouvait se renier. Elle l'entoura de ses bras et l'entraîna :

— Viens, dit-elle sourdement.

Il la déshabilla en prenant son temps, la caressa avec application, redoutant d'aller plus loin, mais il finit par être emporté par le flot de son désir et, oubliant toute retenue, il la pénétra avec fougue. Elle eut mal lorsqu'il entra en elle, mais les sensations engendrées par les mains de Xavier courant sur son corps la comblèrent. Il se rhabilla rapidement, tandis qu'elle s'empressait, encore nue, à nettoyer et à refaire le lit. Avant de partir, il jeta soucieux :

— Cela m'ennuie que tu rentres seule chez toi.

— Je vais dormir ici. Ne t'inquiète pas.

Il s'approcha d'elle. Il déposa un ultime baiser sur ses seins.

— Je me sauve. Je suis très, très en retard. Je te téléphonerai.

— Ne te sens surtout pas obligé de le faire. Appelle-moi que si tu en as vraiment envie. Tu ne me dois rien.

— Pourquoi moi ? lui demanda-t-il à nouveau, la main sur la porte de la chambre.

— Je suis sûre que tu connais la réponse à ta question, chuchota-t-elle.

Alors que le bruit de ses pas décroissait dans le couloir, elle se jura de ne jamais le regretter, même si elle ne le voyait plus, même si leur relation tournait court, même si elle rencontrait un autre homme et qu'elle l'épousait. Ce qui venait de se passer était naturel, en harmonie avec l'ordre du monde. Elle qui était trop sage, trop raisonnable avait enfin suivi ses pulsions, elle s'était jetée dans le tourbillon de la vie pour en éprouver, sans filtre, tous les plaisirs et toutes les souffrances.

Ben Hamou dormait, étendu tout habillé sur son lit de camp, lorsqu'un soldat le secoua pour le réveiller : il avait demandé à être prévenu dès le retour de Dubernard. Il s'ébroua et regarda sa montre : deux heures du matin ! Vraiment, son supérieur en prenait à son aise. Avant de partir, Xavier lui avait révélé qu'il sortait avec Fatima ; il avait présenté cette soirée comme une sorte de dîner de travail, mais Idriss avait trouvé suspects ses arguments et ce retour tardif lui prouvait que ses soupçons étaient fondés.

Il se leva de fort méchante humeur. Il dut patienter avant de parler à son chef, car ce dernier prenait une douche et se changeait. L'enveloppe offerte par l'émir pesait contre sa cuisse et les mots martelés par Salah tournaient dans sa tête : « Ne joue pas au Français. Tu es et tu restes un Arabe. »

Une série d'humiliations remontaient à la surface de sa mémoire : la glace qu'un serveur avait salée pour le dissuader de revenir dans son établissement, le studio qu'on lui avait refusé sous un vague prétexte, les protestations étouffées de deux recrues européennes quand elles avaient compris qu'elles feraient leurs classes sous les ordres d'un *bougnoule*. Ce soir, il ressentait douloureusement ces discriminations qui lui avaient semblé jusqu'alors secondaires ; en même temps, il ressassait les commentaires de ses supérieurs successifs qui le jugeaient trop irréfléchi au point de se persuader que la défiance de sa hiérarchie tenait plus à ses origines ethniques qu'à ses défauts supposés. El Assam avait ouvert une trappe qu'Idriss n'arrivait plus à refermer. Frustré, énervé, il laissa libre cours à des pensées que d'ordinaire il réprimait ; non, la cohabitation entre communautés ne se faisait pas sur un pied d'égalité, non les Européens, en dépit de leurs beaux discours sur l'intégration, ne voulaient pas des musulmans. Tandis que son supérieur s'éternisait sous la douche, la rancœur submergea progressivement Ben Hamou et, lorsque Xavier arriva enfin, il était furieux contre lui.

— Désolé de t'avoir fait attendre, Idriss. Si j'avais su que tu voulais me parler, je me serais lavé après.

— Tu as été bien long avec l'institutrice. Tu l'as sautée, ma parole !

Dans son état normal, jamais il n'aurait abordé ce sujet qui ne le regardait absolument pas. Xavier, pris de court, rougit :

— Elle cache bien son jeu ! grogna stupéfait son adjoint.

— Tu n'y es pas ! Pour elle, c'était la première fois !

Il regretta aussitôt sa confidence tant elle était scabreuse, mais sur le coup il n'avait rien trouvé d'autre à répondre pour la défendre. Idriss suffoqua d'indignation. Comment ce porc avait-il pu embobiner Fatima alors qu'il était en couple avec une autre ! Xavier lui avait parlé de Nicole et lui avait montré des photos. Haineux, il réfréna difficilement l'envie de cracher à la figure de son supérieur, tandis que les derniers scrupules qui l'empêchaient de basculer du côté d'El Assam s'évanouirent.

— Pourquoi voulais-tu me voir ? demanda sur un ton glacé Xavier que l'attitude déplacée de son adjoint irritait.

— L'émir est passé à l'improviste. Il n'a pas voulu entrer et je suis sorti pour discuter avec lui, mais il n'avait rien de spécial à me dire.

— C'est sans doute une façon comme une autre de nous narguer. Tu n'aurais pas dû te réveiller pour me faire ton rapport ; je pouvais attendre demain.

— Si tu avais appris sa visite par les sentinelles, tu te serais posé des questions. Bon, je te laisse, je vais me recoucher.

Xavier était trop absorbé par ses problèmes personnels pour s'appesantir sur l'attitude hautaine de son adjoint et sur les sous-entendus de sa réponse. Il ne savait plus où il en était. Il avait eu un coup de foudre pour Nicole. Dès qu'il l'avait vue, elle était devenue la femme de sa vie. Hier encore, il était persuadé qu'aucune fille ne le troublerait autant que son amie parisienne. Sa rencontre avec Fatima avait fait voler en éclats ses certitudes. Il avait éprouvé pour l'enseignante des sensations aussi fortes, quoique différentes, que celles jadis ressenties pour Nicole. La soumission de la jeune institutrice, la façon dont elle s'était offerte à lui, sa féminité exacerbée, l'attiraient profondément. Elle était à l'opposé de l'impétueuse, de la dominatrice, de la calculatrice Nicole qui brandissait toujours un masque pour se protéger du regard de Xavier. Il s'était réveillé sûr d'aimer Nicole. En se couchant, il ne savait même plus ce que le mot « amour » signifiait. Et les ultimes mots de Fatima lui faisaient peur. « Je suis sûre que tu connais la réponse », lui avait-elle lancé. Il devinait trop bien ce qu'elle avait voulu lui faire comprendre.

Ben Hamou avait conscience d'avoir franchi son Rubicon. Il n'avait pas parlé de l'argent remis par El Assam. Il ne pourrait plus revenir en arrière. Il avait commis une faute que sa hiérarchie ne lui pardonnerait pas. Pourtant, il n'éprouvait aucun remords et s'endormit rapidement.

Pendant la nuit, Fatima rêva du massacre. Elle se réveilla en sursaut, terrorisée. Elle paniqua en ne reconnaissant pas le décor familier de sa chambre avant de se rappeler qu'elle se trouvait dans un hôtel. Elle se souvint alors de Xavier ; son angoisse s'apaisa et elle se rendormit.

Chapitre 5

Quand Dubernard pénétra dans son bureau, Vace était calme et résigné, en dépit du dégoût qu'il ressentait. Il avait, depuis la veille, examiné le problème sous tous ses angles, sans trouver aucune échappatoire. Il grommela d'une voix sourde après avoir rendu son salut à l'officier :

— Comme vous me l'aviez demandé, j'ai ouvert mes oreilles aux ragots. Nicolas Allowich, un gamin de dix-huit ans, serait le responsable de la tuerie de vendredi et il se cacherait à cette adresse.

Xavier esquissa un sourire en saisissant le papier que lui tendait son interlocuteur.

— Puis-je solliciter une faveur de votre part, capitaine ?

— Vous voulez sans doute toucher la prime que j'avais promise ?

— Dieu m'en garde, non. J'aimerais que vous gardiez secrète la source de vos renseignements.

— Mon affichette a été efficace ; j'avais déjà Allowich dans mon collimateur.

Dubernard se garda bien de faire la moindre promesse et Vace comprit qu'il voulait conserver un moyen de pression sur lui.

— Allowich est un malade.

Il tendit une photo d'identité.

Trois semaines en avril

— Il a été membre de notre organisation de jeunesse, mais nous l'avons exclu. J'ai extrait ce cliché de son dossier. L'Alliance patriotique n'est ni de près ni de loin mêlée à cette tuerie et j'espère que vous n'exercerez aucunes représailles contre nous.

— Si l'enquête prouve qu'effectivement votre mouvement n'est pas impliqué dans cette expédition sanglante, vous n'aurez rien à craindre de notre part.

Ivre de fureur, Vace se leva et raccompagna jusqu'à la porte de son bureau le militaire arrogant qui l'avait obligé à tresser la corde qui allait le pendre. Seule la conquête de la mairie justifierait l'humiliation qu'il venait de subir. Son visiteur l'avait contraint à dénoncer le terroriste alors qu'il l'avait déjà identifié par d'autres moyens. Vace avait désormais une épée de Damoclès suspendue au-dessus la tête. À tout moment, Dubernard pourrait trancher le fil qui retenait le glaive et le discréditer dans l'esprit de ses partisans en révélant sa délation.

Dès qu'il avait lu l'une des nombreuses affiches jaunes qui couvraient les murs de l'agglomération, Nicolas Allowich avait compris que son sort était scellé. La somme offerte pour le dénoncer était suffisamment importante pour susciter des vocations de Judas. Il avait envisagé de s'enfuir, mais il n'avait pas d'argent pour financer sa cavale et il ne voyait pas où se réfugier. Quoi qu'il fît, où qu'il allât, il ne pourrait pas échapper aux forces de l'ordre qui quadrillaient le territoire national. Emporté par un excès de romantisme, il préféra que son aventure connaisse une fin plus glorieuse qu'une arrestation à la sauvette lors un contrôle d'identité, dans une gare ou à un barrage routier. Il décida de rester à Saint-Pierre et de succomber avec panache. Il avait depuis longtemps repéré un bâtiment abandonné qui lui semblait facile à défendre. Il s'y retrancha avec deux de ses complices et attendit, exalté, l'arrivée des soldats.

Dans sa cache, il se tenait la plupart du temps à plat ventre sur un échafaudage face à une fenêtre étroite comme une meurtrière. Un doigt crispé sur la gâchette de son fusil-mitrailleur, il regardait les passants défiler en contrebas. Quand il voyait un membre de l'ethnie détestée, que ce fût un adolescent de son âge ou une de ces femmes encapuchonnées au ventre que, dans son délire, il trouvait trop fécond, il mettait sa potentielle victime en joue. Il ne savait jamais au départ s'il allait tirer ou non. Au dernier moment, il renonçait, car il ne se résolvait pas à dévoiler de lui-même sa cachette. Pourtant, une comptabilité macabre tournait dans sa tête. Pour compenser la perte que son arrestation ou son élimination entraînerait, il devait tuer une dizaine de croyants.

Allowich se voyait comme le Précurseur, le Prophète, le Messie, celui qui monterait la voie au reste de la Nation. Il allait mettre un terme à la prolifération des musulmans, s'opposer par les armes à l'invasion islamique. Dans sa psychose raciste, il voyait les fidèles de Mahomet comme des rats qui ne cessaient de se reproduire. Un souvenir d'enfance le hantait, un incident qui constituait pour lui l'acte de naissance et la pierre angulaire de sa foi barbare. Lors d'un cours d'instruction civique, son instituteur avait brandi une affiche où on voyait des Blacks, des Blancs et des Beurs se tenir la main. Il avait affirmé en martelant ses mots :

— Nous sommes tous Français. Quelle que soit notre race ou notre culture d'origine, nous appartenons à un même peuple, le peuple français.

Trois semaines en avril

L'enseignant s'était arrêté quelques instants et avait regardé ses élèves, avant de désigner deux d'entre eux, assis côte à côte et qui jouaient parfois ensemble à la récréation :

— Par exemple, Ali et Nicolas ne se ressemblent pas, pourtant ils sont amis.

Allowich s'était levé et avait hurlé, écumant de rage.

— Ce bicot n'est pas mon copain. Je suis un Blanc ! Je vaux bien mieux que lui.

Horrifié, l'instituteur s'était précipité sur lui pour le gifler. Allowich avait été marqué par cette scène, par la violence de son enseignant. Il rêvait d'être jusqu'à la fin de sa vie cet enfant rebelle qui s'était dressé face à son maître pour affirmer qu'un musulman ne serait jamais son égal.

L'adresse donnée par Vace et confirmée par d'autres sources était celle d'un bâtiment en ruine, qui avait été autrefois un garage. Coincé entre deux immeubles de brique blanche, il constituait un abri facilement défendable, car il n'avait qu'une entrée étroite. Xavier envoya plusieurs de ses hommes effectuer en civil de discrets repérages. Quand ils eurent fait leur rapport, Dubernard conçut un plan qu'il présenta ensuite à ses subordonnés. À la fin de son exposé, il les mit en garde :

— Évitez de tirer pour tuer sauf si vous ne pouvez pas faire autrement. Je veux les prendre vivants.

Il redoutait d'en faire des martyrs, parce que le racisme d'une fraction des Européens était si exacerbé qu'ils prenaient Allowich pour un héros. En outre, les meurtriers étaient, d'après le témoignage de Fatima, des adolescents. Ils avaient droit à une seconde chance, une fois leur crime expié.

Les hommes de Xavier isolèrent dans un premier temps les rues menant au garage avant de faire évacuer les immeubles contigus ; une demi-douzaine de tireurs d'élite prit position sur les toits des bâtiments voisins tandis que les soldats installèrent ostensiblement un obusier et une mitrailleuse. Lorsque le dispositif fut en place, Xavier cria dans un mégaphone :

– Sortez les mains en l'air ! Toute résistance est inutile.

Il n'eut aucune réponse malgré son insistance. À son signe, un sergent et deux hommes du rang se dirigèrent prudemment vers l'entrée du garage. Ils portaient des gilets pare-balles, des visières en verre et brandissaient devant eux des boucliers en plastique translucide. Le petit groupe avait parcouru la moitié du chemin lorsque des coups de feu retentirent. Les protections remplirent leur office même si elles se fendillèrent légèrement sous l'impact des projectiles. Heureusement, les assiégés avaient évité l'escalade ; ils s'étaient contentés de tirer avec un pistolet à grenaille et non avec leur fusil-mitrailleur. Les militaires envoyés en éclaireurs se replièrent et purent gagner sans dommage l'abri d'une voiture.

Xavier reprit ses incantations.

– Rendez-vous. Vous n'avez aucune chance de nous échapper. Ne faites pas les idiots ! Pensez à vos familles !

Contenus par des barrières, des badauds s'étaient assemblés sur les côtés. Des cris de soutien aux assiégés retentirent soudain. Ils mirent Ben Hamou en colère. Comment pouvait-on pousser l'abjection jusqu'à se solidariser avec des tueurs d'enfants ? Idriss déplorait les efforts de son supérieur pour prendre vivants les terroristes. Lui, après les sommations d'usage, aurait pulvérisé leur abri à coups de mortier. Il était persuadé que, s'ils avaient été arabes, Dubernard n'aurait pas fait preuve de la même patience. Et même si on arrêtait ces criminels, quel serait le verdict de la cour qui les jugerait ? Dans trop d'affaires récentes, on avait, en dépit de toute justice, acquitté des meurtriers de Maghrébins sous les applaudissements d'une partie du public et les huées de l'autre. Le jury n'oserait sans doute pas aller jusqu'à cette extrémité, mais les tueurs n'écoperaient que d'une peine trop légère au regard de leur crime. Pour Ben Hamou, les assassins devaient payer de leur vie celle qu'ils avaient prise.

Lorsque Xavier eut perdu tout espoir de ramener Allowich et ses camarades à la raison, il donna à contrecœur l'ordre de passer à la phase délicate du plan qu'il avait conçu. Idriss, lorsqu'il l'avait consulté, l'avait trouvée trop risquée, mais Dubernard avait passé outre l'avis négatif de son adjoint. Un de ses hommes descendit le plus silencieusement qu'il put le long d'une corde tendue depuis une fenêtre qui surplombait le garage. Si les assiégés l'apercevaient, il ferait une cible idéale. Tout en s'époumonant dans son mégaphone pour détourner l'attention des terroristes, Xavier surveillait attentivement la progression de son subordonné. Le militaire se posa en souplesse sur le toit du bâtiment et se dirigea successivement vers les deux conduits de cheminée dans lesquels il introduisit plusieurs grenades. Deux puissantes explosions libérèrent une épaisse fumée noire et urticante qui envahit le garage. Xavier renouvela ses consignes à ses hommes.

— Ne tirez pas tant que je ne vous en donne pas l'ordre, neutralisez-les en douceur quand ils sortiront.

Les tueurs ne pourraient pas en effet rester dans le bâtiment en ruine sans être asphyxiés. Ben Hamou bouillait de colère : ces assassins allaient s'en tirer vivants ! Au bout de quelques minutes, trois silhouettes surgirent en titubant du brouillard. Un groupe de militaires s'avança prudemment vers les terroristes qui, agenouillés sur l'asphalte, essayaient de reprendre leur souffle. Soudain, un fusil-mitrailleur aboya. Allowich ressentit une brûlure au niveau du thorax. L'image de l'instituteur qui l'avait autrefois giflé grandit soudain devant ses yeux jusqu'à atteindre le ciel avant de disparaître. Dubernard stupéfait se retourna et vit Ben Hamou abaisser le canon de son arme.

— Mais qu'est-ce qui t'a pris, crétin ?

Idriss toisa son supérieur :

— Celui de droite était en train de relever sa kala. Il s'apprêtait à tirer.

— N'importe quoi !

Il courut vers les terroristes étendus sur le sol. Un médecin du SAMU se précipita et fit reculer les soldats. Ses soins étaient inutiles pour l'un des gamins : il était mort. Les deux autres furent emportés en catastrophe dans une ambulance. Xavier revint, furieux, vers Ben Hamou et l'interpella rudement :

— Pourquoi as-tu fait cela ? Nous allions les arrêter sans casse. Tu as tout gâché !

— Désolé ! J'ai cru qu'il allait tirer. Je voulais protéger nos hommes.

— Je te présente mes excuses pour t'avoir traité de crétin devant nos subordonnés, mais tu viens de nous mettre dans un drôle de pétrin.

Il revint vers le cadavre. Les secouristes l'avaient déposé sur une civière et l'avaient recouvert d'une couverture de survie. Xavier s'agenouilla et souleva un pan du plaid : le mort avait les cheveux blonds, des taches de rousseur, un visage juvénile. Dubernard identifia Allowich d'après à la photo que lui avait donnée Vace. Cet enfant n'avait que dix-huit ans ; quelle folie rongeait son pays au point de transformer cet adolescent en tueur impitoyable ? Xavier avait envie de vomir ; il avait prévu beaucoup de choses, pris de multiples précautions. Jamais il n'aurait imaginé que son adjoint perdrait le contrôle de ses nerfs, alors qu'on était sur le point d'appréhender les terroristes sans effusion de sang. Quand il se releva, un caporal s'approcha de lui.

— Mon capitaine, une dame accompagnée de sa fille s'est présentée à un des barrages extérieurs. Son nom est Allowich.

— J'arrive.

Il ordonna de ne pas emporter le corps pour le moment. Mme Allowich était une femme grande et squelettique, au visage fatigué et aux yeux cernés de fatigue. Sa fille menue et frêle se tenait à ses côtés ; Vace qui les accompagnait expliqua :

— Elles sont venues me demander mon appui. Le mari de madame, qui est malheureusement décédé d'un cancer, était un des adhérents les plus fidèles de ma section. Elles savent que Nicolas s'est réfugié dans le garage que vous encerclez. Elles craignent pour sa vie, aussi je leur ai conseillé de venir vous voir. Elles arriveront peut-être à le convaincre de se rendre.

— Je suis navré, madame. J'ai tout fait pour le prendre vivant, malheureusement il a choisi de résister et lors de son arrestation votre fils a été tué.

La mère éclata en sanglots, mais sa fille constata d'une voix que le chagrin rendait rauque :

— Il a obtenu ce qu'il cherchait, je crois.

Vace grommela entre ses dents :

— J'espère que vous traquerez maintenant avec autant d'énergie les égorgeurs islamiques. Les familles de leurs victimes crient vengeance.

— Bien sûr !

Trois semaines en avril

Il savait, comme son interlocuteur, qu'il serait incapable d'agir de manière symétrique ; il était dépourvu de moyens de pression sur les musulmans. Mal à l'aise, il proposa :

— Madame, souhaitez-vous vous recueillir près du corps de votre fils ? À moins que l'épreuve ne vous paraisse trop pénible ?

— Nous y allons, décida la fille.

Elle entraîna sa mère. Mme Allowich s'agenouilla et étreignit le cadavre tout en sanglotant ; la sœur du terroriste resta debout, figée, sans un geste, sans pleurer. Xavier connaissait, par l'intermédiaire de Fatima qui lui avait décrit la scène, toute l'horreur de la conduite d'Allowich, pourtant il ressentait physiquement le désespoir de ces femmes qui avaient aimé le tueur.

Le soir, il téléphona à Fatima. Elle accepta avec empressement de venir le retrouver à quelques pas du gymnase qui servait de caserne au 102 GR. Fatima prit sur elle de ne pas courir vers lui dès qu'elle le vit. Elle s'obligea à marcher vers lui de son pas habituel.

— Ne le brusque pas ! Ne lui fais pas peur en te montrant trop possessive, se répétait-elle.

Embarrassés l'un comme l'autre, ils s'embrassèrent furtivement sur les lèvres et firent quelques pas en silence. Ils s'assirent sur un banc et une nouvelle fois se regardèrent quelques minutes dans les yeux sans parler. Elle était coiffée différemment, avec des tresses, elle portait un imperméable vert sur une robe noire et blanche.

— Tu es bien rentrée, la dernière fois ? Tu n'as pas eu de problèmes ?

— Aucun ! Tu sembles soucieux ! Que se passe-t-il ?

— Le gamin qui a assassiné ton élève vient d'être tué. Si tu savais comme je m'en veux !

Trois semaines en avril

Dans la matinée, il lui avait envoyé par texto le scan de la photo fournie par Vace et elle avait identifié le tueur. Il lui raconta en détail l'assaut, la douleur de la mère et de la sœur du terroriste. Fatima buvait ses paroles, son regard plongé dans le sien.

— Tu n'as rien à te reprocher ! le consola-t-elle, quand il eut terminé.

Elle aimait ses scrupules et ses doutes. Xavier avait téléphoné longuement à Nicole, avant de retrouver Fatima, mais il n'avait pas confié son désarroi à son amie parisienne. Même si elle avait été devant lui en chair et en os, il ne lui aurait pas parlé de ses états d'âme, car il la jugeait incapable d'écouter.

— Cette bavure risque de transformer un petit caïd sanguinaire en martyr. Ses sympathisants sont déchaînés ; les affiches que mes hommes ont apposées ont été recouvertes de slogans haineux, et il fallait entendre les horreurs que des malades hurlaient lors de l'assaut. Le monde est fou, Fatima ! Le problème est que jamais dans l'Histoire deux communautés ayant des mœurs ou des religions différentes n'ont pu coexister sur le long terme dans une même nation sans qu'il n'y ait des heurts et des persécutions ! Regarde l'Inde, Chypre, les guerres de Religion en France, l'ancienne Yougoslavie, le Sri Lanka. On cite souvent l'Espagne du Moyen Âge comme un exemple de tolérance, mais la réalité était en fait bien moins reluisante ! Les musulmans ont régulièrement persécuté les minorités mozarabes et juives, au point qu'elles ont émigré ou se sont converties pour échapper aux tracasseries ; quand les chrétiens ont occupé toute la péninsule, ils ont fini, au bout de deux cents ans, par expulser les Israélites et les Morisques. La cohabitation harmonieuse entre communautés est une illusion totale.

Elle lui prit la main pour la caresser. Il resta silencieux quelques instants avant de consulter sa montre et de soupirer :

— Aujourd'hui, je n'aurai pas beaucoup de temps à te consacrer.

— Je te l'ai déjà dit : tu ne me dois rien ; tu es libre comme l'air à mon égard.

— Ne t'attache pas à moi, chuchota-t-il en pensant à Nicole. Je n'ai pas grand-chose à t'offrir.

Par loyauté envers son amie parisienne, il se sentait obligé de militer pour une relation sans profondeur avec Fatima, faite de sexe, d'amitié.

— Ne te tracasse pas : je prends ce qui vient.

— J'ai peur de te faire souffrir sans le vouloir.

— Il n'y a aucun risque. Ne t'inquiète pas pour moi.

Elle lui mentait pour le rassurer et il le sentait. Découragé, il l'embrassa sur les lèvres et se sauva pour ne plus penser aux sentiments confus qu'il éprouvait pour elle. Le soir, avant de se coucher, il rédigea un rapport mensonger dans lequel il blanchit son adjoint. Sa hiérarchie le croirait sur parole et nulle enquête ne serait ordonnée. Il y avait tant d'incidents de ce genre dans le pays que plus personne n'y prêtait attention.

Chapitre 6

Quelques heures après avoir tué Allowich, alors que la nuit venait de tomber, Ben Hamou se glissa dans le ghetto en évitant les patrouilles et les barrages de ses hommes. Arrivé près du stade, il demanda à un groupe de jeunes qui prenaient le frais assis sur l'herbe d'aller chercher El Assam. Lorsque l'émir, accompagné de Ben Aidiche, le rejoignit, Idriss lui rendit l'enveloppe et les billets.

– Compte ! Je n'ai rien pris. J'ai vengé Mohamed, mais ne me demande rien de plus pour l'instant et n'essaye plus de me piéger comme tu l'as fait avec l'argent. Je ne suis pas un mercenaire.

– Pas de problème, mon frère.

Lorsqu'il s'éloigna, Salah grommela entre ses dents à l'intention de son adjoint.

– Tu vois, je l'ai retourné ; il nous rend même service gratuitement. Je sens qu'il nous sera très utile à l'avenir.

Le lendemain matin, une patrouille rapporta à Xavier plusieurs exemplaires d'un tract malhabile que des inconnus avaient distribué, pendant la nuit, dans les boîtes aux lettres du quartier populaire qui jouxtait la gare.

La vérité sur Nicolas

Les merdias officiels à la solde du pouvoir salissent sans vergogne la mémoire de Nicolas et de ses camarades. Ils n'ont fait que se défendre. Ils ne sont entrés dans le bidonville des bicots que pour récupérer du matériel volé à l'oncle de Nicolas, mais les bougnoules les ont repérés et se sont agglutinés autour d'eux pour leur faire la peau. Ils ont dû tirer pour se dégager. Ne vous laissez pas abuser par les mensonges qu'on essaye de vous faire avaler.

Xavier rangea soigneusement le tract dans une chemise quand il eut fini de le lire. Il verrait avec le procureur s'il y avait lieu d'ouvrir une instruction contre les auteurs de ce document. Ce qu'il redoutait s'était malheureusement produit et la transfiguration de Nicolas Allowich était entrée dans sa phase finale. Les taches qui salissaient son auréole de héros étaient effacées par ses sympathisants. Il n'était plus un bourreau, mais une victime ; hélas beaucoup de *petits Blancs* croiraient cette version arrangée parce qu'elle était conforme à leurs préjugés.

À l'insu de son adjoint dont il se méfiait désormais, Xavier retourna seul dans le ghetto musulman. La porte du local de la pseudo-association sportive dirigée par Salah El Assam était fermée lorsqu'il essaya de l'ouvrir après avoir signalé sa présence, mais Xavier n'attendit que quelques minutes le bon vouloir de l'émir ; il surgit en arborant un sourire railleur.

— De retour, capitaine ? ricana-t-il.

— J'ai rempli mon contrat. J'ai neutralisé les auteurs de l'attentat.

— Vous n'avez effectué qu'une partie du travail. Vous n'avez pas fourré au trou le parachutiste qui a abattu le deuxième gamin.

— À votre tour d'œuvrer pour désamorcer les tensions : incitez les meurtriers des Européens à se rendre. Ils auront droit à un procès équitable.

Salah éclata de rire :

— Tu déconnes ou quoi ?

— Nous allons commencer nos investigations pour identifier et appréhender les musulmans responsables des violences. L'État français que j'incarne ne laissera pas des égorgeurs en liberté.

Il avait hésité à employer ce terme « égorgeurs », mais pour finir il l'avait préféré à « assassins » pour souligner l'horreur de leur crime.

— Nos frères qui ont vengé Mohamed étaient les envoyés d'Allah. Tout le monde chez nous est derrière eux. Jamais ils ne seront jugés par votre tribunal de merde. Jamais ! Tu m'entends, jamais ! Si vous tentez de les attraper, nous foutrons le feu à toute la ville ! Pourquoi viens-tu me saouler avec tes bêtises ? Tu ne croyais quand même pas que tu allais m'embobiner avec tes salades ?

Coupant la parole à Xavier qui voulait répliquer, Salah enfonça le clou :

— Pour l'instant, tu as une paix royale, non ? Alors calme-toi ! Évite de nous narguer !

— En rejetant la loi républicaine, vous jouez le jeu de vos ennemis et vous leur fournissez des arguments en or massif. Vous justifiez les attaques dont vous êtes et serez l'objet. Pour le bien de vos coreligionnaires, conseillez aux auteurs de violence de se rendre.

El Assam qui s'était impatienté tout au long du discours de Xavier éructa :

— Tu es vraiment à côté de la plaque. On s'en fout d'avoir des ennemis. Nous sommes assez grands pour nous défendre tout seuls.

— Je vous ai donné le seul moyen qui garantira la paix à votre communauté. Vous êtes suffisamment perspicace pour savoir que j'ai raison !

— Arrête de me prendre la tête : j'ai eu mon compte de conneries aujourd'hui.

Il tourna les talons et s'éloigna à grands pas. Pris de court, Xavier hurla pour délivrer l'information qu'il était venu apporter :

— Mes hommes vont coller dans votre quartier des affiches offrant une récompense contre des renseignements sur les responsables des meurtres…

Mais El Assam ne se retourna pas ; Xavier attendit quelques minutes un éventuel retour du fondamentaliste avant de partir à son tour. Il était désabusé, mécontent de lui. Il avait conscience de l'inanité absolue des arguments qu'il avait donnés à Salah. En fait, en rencontrant l'émir, il ne visait qu'un seul objectif : que son interlocuteur ne ressente pas comme une déclaration de guerre les placards qui inonderaient le ghetto. Il avait demandé l'impossible pour faire accepter le minimum. Pour satisfaire la communauté européenne, il devait faire semblant de traquer les égorgeurs musulmans avec une parfaite symétrie de moyens déployés pour identifier Allowich et ses camarades. Pourtant, ses hommes ne colleraient ces affiches que pour garder les apparences sauves, car même s'il obtenait des informations, Xavier serait incapable de les exploiter. Les menaces de l'émir d'embraser le ghetto si Dubernard poussait trop loin ses investigations n'étaient pas vaines.

L'officier passa devant l'école de Fatima à l'heure de la récréation. Son amie bavardait dans la cour avec une collègue. Sentant qu'on l'observait, elle tourna la tête. Il lui envoya un bref salut de la tête avant de disparaître au coin de la rue. Fatima sentit son cœur s'emballer en apercevant Xavier, mais qu'il ne lui adressât qu'un signe impersonnel la glaça. Jusqu'à la fin de la récréation, elle resta sur ces deux impressions qui se superposèrent, sans se mélanger. Elle se demanda si elle était amoureuse de l'officier pour que sa vue la troublât autant. Un tel sentiment pourtant n'avait aucun sens ; ils n'avaient pas d'avenir commun ; ils appartenaient à deux univers différents qui ne pourraient jamais se rejoindre. Il était le premier à avoir croisé sa route après qu'elle eut laissé ses désirs émerger, le premier à avoir percé le cocon protecteur qu'elle avait bâti autour d'elle pour se protéger. Il n'était pas l'homme de sa vie ; leur relation serait nécessairement éphémère et fugace. Était-elle déjà en son automne ? Oh non ! Elle ne le supporterait pas.

— Encore un peu de temps, monsieur le bourreau, implora-t-elle.

Avant de retourner à son casernement, Dubernard passa chez les Allowich. Il avait besoin de connaître les dispositions que les deux femmes comptaient prendre pour l'enterrement de Nicolas. Il aurait pu téléphoner ou déléguer un de ses subordonnés, mais il préférait effectuer la démarche lui-même par respect pour la mère et la sœur du terroriste. Le quartier habité par les *petits Blancs* lui sembla plus hostile que le ghetto musulman. Des adolescents ricanèrent en le désignant du doigt. Il entendit des interpellations malveillantes. Un enfant lui jeta une pierre. Il s'arrêta et fit face. Il toisa du regard l'imprudent qui se dépêcha de déguerpir. Après cet incident, personne n'osa plus l'ennuyer. Ce faubourg était aussi misérable que celui qui regroupait les Maghrébins. Dans les deux quartiers, les rues étaient sales, criblées des nids-de-poule, une partie des magasins étaient abandonnés, les quelques véhicules garés le long des trottoirs étaient anciens et mal entretenus, d'innombrables graffiti et affiches recouvraient les murs. « Morts aux Arabes », « Purifions la France ! » étaient les slogans les plus populaires dans cette partie de la ville. Contrairement aux coreligionnaires d'El Assam qui se tournait vers l'islam et aspiraient à une ségrégation totale, les *petits Blancs* avaient un bouc émissaire pour expliquer leur misère et un espoir, qui, bien que primaire, faisait des ravages en leur sein. Ils étaient persuadés qu'il suffirait d'expulser les Noirs et les musulmans pour que la prospérité revienne et ils étaient d'autant plus dangereux aux yeux de Xavier.

Il n'eut pas besoin de regarder le numéro des immeubles pour deviner lequel abritait la famille Allowich. Un gigantesque crêpe noir avait été attaché à l'auvent du porche d'entrée. Il trouva le nom du terroriste sur les sonnettes extérieures et appuya sur le bouton de l'interphone.

— Capitaine Dubernard, se présenta-t-il.

— Montez. Nous habitons au quatrième, lui répondit une voix féminine.

Dans l'entrée de l'immeuble, il se heurta à une file d'attente qui serpentait dans le hall ; sans doute ces hommes et ces femmes venaient-ils rendre un dernier hommage à Allowich. Xavier éprouva une vive colère teintée de dégoût : comment ces *petits Blancs* pouvaient-ils être dupes du tract ? Ou, au contraire, honoraient-ils la mémoire de l'activiste, en toute connaissance de cause, pour le crime qu'il avait commis ?

Dédaignant les regards hargneux qu'on lui jetait, Dubernard grimpa quatre à quatre les escaliers. La sœur de Nicolas avait entrouvert la porte de son appartement pour le guetter.

— Puis-je vous parler à votre mère ?

— Elle est en bas ; elle reçoit les condoléances pour la mort de mon frère dans la pièce commune du rez-de-chaussée, mais je vous en prie : entrez. Je vais la chercher.

Elle s'effaça et il pénétra dans le couloir. Elle le guida jusqu'au salon et le fit asseoir sur un canapé de cuir jaune. L'intérieur était coquet et contrastait avec l'aspect sordide de la façade et des parties communes.

— Je ne serai pas longue.

Elle sortit d'un pas vif, laissant Xavier seul quelques minutes. Une grande photo de la famille Allowich au complet trônait sur une console de métal. La mère était jolie, le père rayonnant et les enfants souriants. Ce temps heureux était passé. Un livre s'était refermé et ne s'ouvrirait plus jamais. Un autre cliché plus petit, représentant Nicolas entourant de ses bras sa mère et sa sœur, avait été rajouté sous le verre. Le terroriste semblait affectueux et sympathique. Pourquoi avait-il déraillé ? Pourquoi était-il devenu un monstre ? La porte claqua et Mme Allowich fit son apparition, suivie de sa fille.

— Pardonnez-moi de vous avoir fait attendre, dit-elle essoufflée.

Xavier se leva et lui sourit. Il avait pitié d'elle ; elle avait dû passer sa vie à s'excuser.

— Rasseyez-vous. Je vous en prie, chuchota-t-elle.

Elle s'effondra sur un fauteuil.

— Heureusement que tu es venue, Corinne. Je n'en pouvais plus. J'étais épuisée de me tenir debout, de serrer des mains et encore des mains.

— Tu n'étais pas obligée, Maman.

— Comment faire autrement ! Ces gens sont venus nous présenter leurs condoléances !

— Ils n'avaient qu'à les garder pour eux. Nicolas est mort à cause de leurs idées débiles.

– Je t'en prie, Corinne.

Gênée par cette dispute, elle se tourna vers son visiteur.

– Veuillez nous excuser, monsieur.

– Ce n'est rien. Je ne vais pas vous déranger longtemps. Je désire m'entretenir avec vous des obsèques de votre fils. Je suis responsable de la sécurité dans cette ville et je dois prendre mes dispositions.

La mère se tassa dans son fauteuil.

– Lorsque vous m'aurez rendu son corps, je le ferai embaumer et je l'exposerai deux jours dans la pièce où je reçois mes visiteurs. Un office religieux sera ensuite célébré à sa mémoire à l'église Saint-Paul. De là, son cercueil sera conduit en cortège jusqu'au cimetière de la ville.

Il était hors de question d'organiser une telle sanctification du terroriste.

– Madame, la loi martiale toujours en vigueur m'interdit de vous donner satisfaction, car les rassemblements sont strictement encadrés. Les obsèques se dérouleront dans l'église en présence de la seule famille et des amis proches. Le corps sera ensuite emmené dans un véhicule des pompes funèbres jusqu'au cimetière où il sera inhumé dans la plus stricte intimité. Nous écarterons ceux qui ne connaissaient Nicolas que de loin ainsi que les curieux. Et l'exposition du corps est bien entendu impossible.

Xavier appréhendait la réaction des deux femmes à son diktat. Si elles se rebellaient et le faisaient savoir, il se trouverait en mauvaise posture face à l'opinion publique européenne, mais Corinne approuva :

– Cela me va : je refuse que les funérailles de mon frère se transforment en meeting politique. Enterrons-le simplement, sans discours, avec juste une bénédiction religieuse.

– Corinne, protesta la mère. Que diront les gens ?

— Je me fous de ce qu'ils pensent !

Mme Allowich se résigna. Elle se tassa un peu plus dans son fauteuil. Xavier se leva et tendit un bristol qu'il avait préparé :

— Le corps de Nicolas vous sera rapidement rendu. Je vais faire abréger les formalités administratives. Si vous avez besoin de quelque chose, appelez-moi. Je vous aiderai de mon mieux.

Corinne prit le bristol et la rangea silencieusement sous le téléphone.

— Quand vous l'aurez fixée, ajouta-t-il en baissant la tête, j'aimerais connaître l'heure exacte des obsèques ainsi que les noms et les adresses des participants. Précisez à chaque fois les liens qui vous unissent à eux. Seuls ceux qui seront sur la liste que vous me fournirez et à qui j'aurai donné mon approbation pourront assister aux funérailles. Mes hommes contrôleront les identités à l'entrée de l'église, mais bien entendu ils resteront à l'extérieur. Je suis navré de vous imposer ces restrictions et ces dispositions que vous percevez sans doute comme humiliantes, mais je ne fais qu'appliquer la loi martiale.

Les deux femmes le raccompagnèrent jusqu'à la porte. Xavier serra son calot sur sa poitrine pour présenter les excuses qu'il avait préparées :

— J'avais tout fait pour appréhender vivant Nicolas et le traduire devant les tribunaux. Malheureusement, je n'ai pas été assez prévoyant et la situation a dérapé. Je suis vraiment navré et je vous demande pardon pour mon incompétence.

La bouche de Corinne se tordit en une sorte de rictus :

— Si au moins sa mort pouvait empêcher que de telles absurdités ne se reproduisent.

Son vœu était pieux. Un cycle infernal était enclenché et nul n'arriverait à le briser.

Trois semaines en avril

Vace attendait inquiet dans le hall de l'immeuble. Dès qu'un de ses partisans l'avait averti de la présence de Dubernard, il était accouru tant il redoutait qu'un incident n'éclatât et ne l'empêchât de se présenter aux municipales. Depuis son arrivée, il passait d'un groupe à l'autre, s'efforçant de calmer les plus excités qui voulaient faire un sort à l'officier.

— Rentrez chez vous. Cela vaudra mieux, leur répétait-il sans se lasser.

Ils finissaient par obéir en maugréant et, quand Xavier redescendit, le hall était presque désert. Il se dirigea vers Vace, la paume ouverte l'obligeant à lui serrer la main devant les quelques personnes encore présentes.

— Ravi de vous rencontrer, j'avais à vous parler.

Vace grimaça. Quelle nouvelle couleuvre son interlocuteur allait-il lui faire avaler ? Xavier le conduisit à l'écart.

— Je compte sur vous pour canaliser les débordements. Je ne tolérerai aucune manifestation et la distribution de tracts nauséabonds doit immédiatement cesser !

Vace se cabra devant le ton suffisant de Dubernard :

— Vous surestimez mon influence, capitaine. Ce quartier ne m'obéit pas au doigt et à l'œil, sinon j'aurais interdit à Allowich de faire l'imbécile. Je ferai mon possible pour vous contenter, mais ne me demandez pas de miracles. Je n'ai pas le contrôle de la situation, loin de là.

Devant l'air hostile que l'officier continuait à arborer, Vace perdit le contrôle de ses nerfs ; il s'écarta de la ligne prudente qui était la sienne en présence de Xavier :

— Essayez de comprendre mes concitoyens ! Ils en ont assez : leur niveau de vie et leur sécurité ne cessent de se dégrader alors que le Pouvoir reste sourd à leur souffrance. La petite caste hors-sol qui gouverne la France est incapable de redresser la barre, mais elle s'accroche à ses prérogatives et refuse de céder la place. Elle empêche par tous les moyens notre victoire dans les urnes, elle nous laisse participer aux scrutins que nous n'avons aucune chance de remporter et nous écarte des autres sous prétexte de racisme. Mon mouvement et ses alliés dirigeraient ce pays depuis longtemps si les élections étaient honnêtes et libres.

— La France est une démocratie, heureusement. Le gouvernement actuel est légal et légitime, répliqua Xavier.

Les propos acerbes de Vace lui remirent en mémoire un article lu la semaine précédente. Selon le journaliste, l'extrême droite rencontrait un tel écho dans l'opinion parce qu'elle restait cantonnée dans l'opposition. Si elle avait exercé le pouvoir à la place de l'Arc constitutionnel qui allait du centre droit aux communistes, qu'aurait-elle fait de mieux ? Rien sans doute, mais elle aurait vite perdu son aura.

— Le Peuple a été extraordinairement patient, mais il est à bout. Si, en juin, je suis éliminé ou battu par un tour de passe-passe, je prônerai toujours la modération, mais plus personne ne m'écoutera. Une révolte éclatera, une jacquerie d'autant plus terrible qu'elle sera spontanée.

— Vos propos sont inadmissibles ! Comment osez-vous me menacer d'une révolution si votre parti ne remporte pas le prochain scrutin municipal !

Vace eut peur d'être allé trop loin. Il bégaya :

— Vous vous méprenez. Je n'ai proféré aucune menace et j'ai bien souligné mon refus de la violence. Simplement, je me suis permis de rendre compte de l'état d'esprit de la population de Saint Pierre. Pour ma part, jamais je ne me placerai hors la loi.

Xavier n'insista pas. Pour l'instant, il avait besoin de Vace pour calmer les *petits Blancs*.

– Je dois vous laisser. Puisque vous connaissiez le père de Nicolas Allowich, je vous permets d'assister à ses obsèques, si vous le souhaitez. Mais vous serez le seul de votre mouvement à obtenir une telle autorisation.

Vace pâlit devant cette flèche du Parthe qui allait le mettre une nouvelle fois en porte-à-faux avec ses sympathisants. S'il allait aux obsèques, il prenait le risque d'apparaître comme un collaborateur du Pouvoir ; s'il s'en abstenait, on lui reprocherait d'avoir refusé de rendre hommage à Allowich.

Dans la rue, Xavier se souvint du constat désabusé de Fatima ; selon elle les électeurs de Saint-Pierre n'auraient le choix aux municipales qu'entre des fanatiques et un corrompu. En fait, derrière les programmes et les masques que les différentes factions arboraient, la réalité n'était ni aussi simple ni aussi manichéenne.

Le lendemain Dubernard reçut une lettre de sa marraine Delphine, transmise par ses parents :

Mon cher Xavier,
Peux-tu nous rendre visite ? Nous avons des choses essentielles à te dire et nous préférons le faire de vive voix.

Nous comptons sur toi.

Elle lui rappelait son numéro de portable dans un post-scriptum. Cette lettre le surprit ; Delphine était la sœur cadette de sa mère. Elle avait épousé un industriel plus âgé qu'elle d'une vingtaine d'années et elle veillait de loin sur Xavier ; il était son filleul. Elle avait financé ses études dans un grand lycée parisien et l'avait poussé à devenir ingénieur, en lui promettant une brillante carrière dans le groupe de son mari. Xavier avait préféré intégrer l'armée. Elle boudait depuis. Pourquoi reprenait-elle contact après tant d'années de silence relatif ?

La fin de la semaine fut plus calme pour Xavier que son début. La distribution de tracts glorifiant Nicolas Allowich avait cessé, les obsèques du terroriste se déroulèrent le samedi sans incident. Sur les murs du ghetto arabe, les soldats du 102 GR collèrent sans opposition des affiches promettant des récompenses pour tout renseignement sur les meurtriers d'Européens ; elles furent déchirées dès qu'ils eurent le dos tourné.

Dubernard sentait qu'il avait franchi un col et imposé aux uns et aux autres les apparences de la soumission. Hélas, le volcan n'était pas éteint : il sommeillait. Quand les municipales prévues au début de juin seraient passées, il exploserait. Les nationalistes ne toléreraient pas d'être battus dans les urnes. Quant aux islamistes leur modération actuelle n'était probablement qu'une tactique électorale : elle cesserait dès le lendemain du second tour.

Chapitre 7

Pendant trois jours, Xavier n'appela pas Fatima. La jeune femme réfréna ses inquiétudes en se répétant qu'il n'avait pas le temps de la contacter, mais les rares fois où son téléphone sonnait, son pouls s'accélérait et elle se précipitait pour décrocher. Le dimanche en début d'après-midi, alors qu'elle commençait à broyer du noir, le numéro du capitaine se forma sur l'écran de son smartphone.

— Bonjour ma belle Fatima. Es-tu libre ? Je peux enfin te consacrer plusieurs heures de suite.

— D'accord !

— Alors rendez-vous dans une demi-heure à la gare !

— J'arrive.

En choisissant à la hâte ses vêtements, elle se dit qu'il la traitait comme une domestique. Lorsqu'il avait besoin d'elle, il la sifflait et elle accourait, mais elle refoula rapidement cette constatation dérangeante tant elle était heureuse de le voir. Fatima marcha très vite pour le retrouver. Elle courut même de peur qu'il ne s'impatientât.

— Je ne t'ai pas fait trop attendre ? s'inquiéta-t-elle lorsqu'elle le rejoignit, avant même de l'embrasser.

— Pas du tout, répondit-il sur un ton bourru.

Il abrégea leurs effusions et la guida jusqu'à une voiture qu'il avait louée pour l'occasion. Il démarra en trombe.

— Nous allons au centre Saint-Florian. Tu connais ?

— De nom uniquement.

Trois semaines en avril

C'était un complexe rassemblant commerces, restaurants et cinéma, situé à une quarantaine de kilomètres de Saint-Pierre, dans la banlieue de la grande ville voisine. Dès qu'ils eurent quitté l'agglomération, Xavier arrêta la voiture sur le bas-côté. Dégrafant sa ceinture de sécurité, il se pencha vers elle pour l'embrasser sur les lèvres. Son baiser prolongé fut passionné et avide.

— En ville, je préférais limiter les épanchements. Je commence à être connu et je me dois d'être discret, s'excusa-t-il.

« As-tu honte de moi ? » se demanda-t-elle, blessée.

Il baissa la tête comme s'il devinait sa réprobation muette et fit rugir inutilement le moteur pour démarrer. Pendant la demi-heure que dura le trajet, il lui raconta ses rencontres avec Vace, El Assam et les Allowich. Il lui confia son désarroi devant l'inévitable explosion qu'il pressentait. Pendant son monologue, il eut pour elle des gestes tendres : il effleura son visage, son genou, ses seins, comme pour la remercier de l'écouter. Fatima était émue et excitée par ces attouchements. Elle l'aimait : elle en était sûre.

Le centre Saint-Florian était un cylindre de métal peint en blanc planté au milieu des champs. Malgré la crise économique, le complexe survivait, car il était un havre où ceux qui avaient encore de l'argent pouvaient se détendre en toute sécurité. On y accédait par une seule entrée gardée par des vigiles assistés de chiens. Quand Dubernard arrêta sa voiture à leur hauteur, ils s'approchèrent et barrèrent le chemin. Ils restèrent quelques instants immobiles et hostiles, devant le capot, en dévisageant Fatima. Xavier excédé sortit ses papiers et abaissa sa vitre.

— Je suis capitaine dans l'armée française ! hurla-t-il en brandissant son livret militaire.

Les vigiles s'écartèrent et ils purent pénétrer dans le parking souterrain. Fatima remarqua, assombrie :

– On dirait qu'ils refusent l'entrée aux Maghrébins pour que les Européens puissent s'amuser dans des endroits réservés, sans Arabes pour gâcher leur fête.

Il ne partageait pas son analyse : ce n'était pas le racisme, mais la peur des attentats perpétrés par les islamistes qui rendait les forces de sécurité si méfiantes envers les musulmans. Il lui caressa la joue.

– Quand tu seras à mon bras, ta communauté prendra sa revanche.

Il descendit le premier et se précipita pour lui ouvrir la portière avant de lui faire la révérence.

– Tu es ma princesse, murmura-t-il à son oreille

Il lui prit la main et l'entraîna sous le regard amusé de deux vigiles qui patrouillaient. Il lui proposa le cinéma, à sa grande surprise elle opta pour la discothèque. Ils s'assirent dans un box, loin de la piste où évoluaient quelques couples. Elle commanda un cocktail et lui un soda. Devant son étonnement, il répondit :

– Je dois te ramener à bon port, ma chérie. Donc je ne bois pas !

Le terme tendre dont il avait usé embrasa la jeune femme. Pour que l'alcool lui monte à la tête, elle but d'un trait son verre. Quand elle fut grise, elle demanda à son amant en désignant la piste :

– Tu viens ?

– Je ne sais pas danser !

– Moi non plus. Allez ! Viens.

Il se laissa faire et bientôt ils se trémoussèrent en essayant d'imiter leurs voisins.

– Nous sommes ridicules, constata-t-elle en éclatant de rire.

— Tout à fait ! Heureusement qu'il n'y a pas grand monde.

Quand ils furent revenus à leur table, il chuchota à son oreille.

— J'ai envie de toi.

— Avoue ! Tu m'as laissée me saouler pour que j'aie envie aussi.

Ils prirent une chambre à l'hôtel du centre Saint-Florian. Il la déshabilla lentement et la caressa longuement en s'efforçant de lui donner du plaisir. Il appréciait tant que Fatima ne prît pas d'initiative, qu'elle se laissât guider, qu'elle s'en remette entièrement à lui, qu'il s'oubliait presque. Quand il faisait l'amour avec Nicole, il la trouvait trop présente à son gré. La passivité de Fatima, sa dépendance la rendait plus femme à ses yeux que Nicole. Par contrecoup, il se sentait plus viril. Lorsqu'il sortit un préservatif de son emballage, elle protesta :

— Non ! Ne le mets pas ! Je ne suis pas une prostituée !

— Prends-tu tes précautions ?

— Ne t'inquiète pas à ce sujet.

Tout de suite après le coït, Xavier s'agita. Il regarda sa montre et se leva.

— Désolé, je dois être rentré à la caserne dans une heure.

Ils mangèrent sur le pouce dans une cafétéria avant de repartir. Il parla peu et répondit à peine aux questions de son amie. Il pensait à Nicole qu'il trahissait ; il ne savait plus où il en était ; il était bien avec Fatima, trop bien. Elle était comme une drogue à l'attrait irrésistible dont au fond de lui-même il rechignait à consommer. Pourquoi l'avait-il rencontrée ? Pourquoi Nicole ne l'avait-elle pas protégé de la tentation ? Comme Fatima, il devinait que leur histoire tournerait rapidement court. Comme elle, il redoutait la souffrance et comme elle, il se sentait incapable de rompre.

Il essaya d'anticiper, dans sa tête, les sentiments qu'il éprouverait, s'il coupait les ponts avec son amie parisienne pour se consacrer uniquement à Fatima : il conclut qu'il serait malheureux et que Nicole lui manquerait trop.

Inquiète de sa soudaine froideur, Fatima le regardait à la dérobée. Elle guettait ce visage qui ne se tournait plus vers elle, cette main qui ne se posait plus sur ses genoux comme à l'aller. Elle ne voulait pas le perdre ou du moins pas encore. Elle n'était pas rassasiée de lui. Le serait-elle un jour ? La panique s'empara d'elle. Et s'il décidait de ne plus la revoir ? Elle chercha désespérément un moyen de le retenir. Oh ! Ne pas pleurer, surtout ne pas verser de larmes !

— Xavier, murmura-t-elle soudain alors qu'ils s'approchaient des faubourgs de Saint-Pierre, j'ai une suggestion à te faire pour éviter que la ville ne devienne un champ de bataille sitôt les municipales terminées. Tu trouveras sans doute mon idée idiote.

— Pourquoi veux-tu qu'elle le soit ?

— « Idiote » n'était pas le terme approprié pour la qualifier, « naïve » conviendrait mieux.

— Vas-y ! Lance-toi, ma chérie !

Elle parla tout bas comme pour s'excuser de la sottise de son opinion, mais il comprit vite l'intérêt de la proposition qu'elle lui faisait et arrêta la voiture sur le bas-côté pour mieux l'écouter sans être dérangé par le bruit du moteur.

— Voilà ! dit-elle, lorsqu'elle eut fini. Qu'en penses-tu ?

— Tu as raison. Ton idée est naïve. Cependant, elle peut et doit marcher, parce qu'il n'existe aucune alternative.

Ils échangèrent un long regard comme ils le faisaient si souvent.

« Je t'aime Fatima », pensait-il.

Il ne prononça pas ces mots tabous, car il était incapable de s'engager avec elle. Il baissa la tête et remit le contact. Il l'embrassa furtivement sur les lèvres avant qu'elle ne sorte de la voiture.

— Je te téléphonerai ce soir pour mettre au point ton plan, lui jeta-t-il alors qu'elle refermait la portière.

Il n'avait qu'une hâte : appeler Nicole, savoir en entendant sa voix si les sentiments qu'il éprouvait pour cette dernière s'étaient estompés.

— J'ai tellement envie de te voir, confia-t-il à son amie parisienne.

Ce n'étaient pas des paroles de convenance. Seule la présence de Nicole en chair et en os lui permettrait de rompre l'enchantement qui le liait à Fatima.

Chapitre 8

Le lendemain matin, le téléphone sonna chez les Allowich. La mère prit la communication avant d'appeler sa fille.

— C'est pour toi. Fatima Ousselik. Tu connais ?

— Non.

L'institutrice parla vite tant elle avait peur que sa correspondante ne raccrochât en la prenant pour une démarcheuse.

— Mademoiselle, je souhaiterais vous rencontrer.

— À quel sujet ?

— J'ai un projet à vous soumettre. Je ne peux pas vous l'exposer au téléphone.

— Vous êtes journaliste ? demanda Corinne méfiante.

— Pas du tout.

— Puis-je savoir ce que vous me voulez ?

Le cœur de Fatima battait à toute vitesse dans sa poitrine. Elle chercha ses mots pour se montrer la plus convaincante possible.

— Impossible de vous le dire par téléphone. Je vous l'expliquerai mieux de vive voix. Je ne vous prendrai pas beaucoup de temps.

— Vous êtes musulmane ?

— Oui, mais ne craignez rien : je ne cherche ni à me venger ni à vous faire des reproches.

— Vous ne pouvez pas venir à mon domicile. Vous courriez trop de risques avec les excités qui habitent mon quartier. Je vais faire des courses cet après-midi en ville. Me connaissez-vous de vue ?

— Non. Fixons-nous un point de rencontre, devant le distributeur de la poste par exemple. Quelle heure vous arrange le mieux ?

— Seize heures ?

— D'accord. Téléphonez au capitaine Dubernard pour vous renseigner sur mon compte. Je l'ai informé de ma démarche et il l'approuve.

— Pas la peine ! grommela Corinne avant de raccrocher.

Fatima arriva à l'avance et elle attendit une demi-heure avant qu'une jeune femme maigre et brune ne l'aborde :

— Vous êtes bien Fatima Ousselik ?

— C'est moi en effet. Je vous remercie d'être venue. Puis-je vous inviter à prendre un café ?

— D'accord.

Elles s'installèrent à une terrasse jouxtant la poste. Lorsque le garçon fut reparti avec leur commande, Fatima respira un grand coup et se jeta à l'eau :

— Je souhaite lancer un appel pour la tolérance, contre la haine qui ravage cette ville. Je serais très heureuse si vous vous joigniez à moi.

— Moi ?

— Selon le capitaine Dubernard, vous lui auriez dit, je le cite : « Si seulement la mort de Nicolas pouvait empêcher que de telles absurdités ne se reproduisent ! »

— Je suis surprise qu'il vous ait rapporté mes propos !

— A-t-il mal compris ou mal interprété votre pensée ?

— Non, son compte rendu est exact. Mais je me demande bien pourquoi il vous a parlé de moi.

Fatima rougit et se mordit les lèvres. Elle ne savait que répondre. Heureusement, le garçon en apportant les consommations fit diversion.

— Quel type d'appel souhaitez-vous lancer et quel public visez-vous ? s'enquit Corinne.

— Je pense m'adresser aux habitants de cette ville pour que s'estompent la violence et la haine, pour que les incitations au meurtre et à la vengeance cessent de part et d'autre. Le calme règne en ce moment, mais à tout moment le sang peut à nouveau couler.

— Pourquoi m'avez-vous contactée ?

— Que vous le vouliez ou non, vous êtes un symbole chez les Européens en tant que sœur de Nicolas Allowich. Personnellement, ajouta-t-elle, en devançant la question de Corinne, je me suis interposée pendant que votre frère commettait son crime et après mon intervention, il s'est replié avec ses camarades. On me considère, à tort, comme une héroïne chez les musulmans. Puisque nous sommes l'une et l'autre des figures dans nos quartiers respectifs, nous aurons des chances d'être entendues si nous unissons nos voix.

— Possible, reconnut Corinne.

Elle semblait crispée, sur la défensive.

— Me suis-je trop avancée ? Peut-être n'êtes-vous pas prête à vous lancer dans ce type d'action ? Pardonnez-moi si c'est le cas. Si l'enjeu n'avait pas été aussi important, je ne vous aurais pas importunée.

— Que comptez-vous faire concrètement ?

— J'avais pensé donner une conférence de presse. Le capitaine Dubernard nous fournirait un appui logistique.

— Cette idée vient de lui ? interrogea Corinne méfiante.

— Non ! Je suis à l'origine de cette initiative ; je lui en ai fait part et l'ai convaincu de me prêter main-forte.

Comme Corinne restait silencieuse et buvait son café à petites gorgées, Fatima concéda :

— Je comprendrais très bien que vous refusiez de m'aider. Je n'exige pas non plus une réponse immédiate.

Corinne reposa sa tasse.

— As-tu du temps devant toi ? Peux-tu m'accompagner ?

— Bien sûr.

Fatima s'empara de la note et alla payer à l'intérieur. Lorsqu'elle sortit, Corinne l'attendait sur le trottoir, impatiente.

— Nous allons au cimetière.

En chemin, Corinne interrogea, soupçonneuse, l'enseignante.

— Est-ce le capitaine Dubernard qui a sollicité ton aide ?

— Mais non. Je vous l'assure : l'idée vient de moi.

— Tu peux me tutoyer. Je n'aime pas Dubernard, il n'est pas franc.

Fatima faillit répliquer pour défendre son amant, mais elle se contint ; les deux jeunes femmes ne se parlèrent plus avant d'arriver devant la tombe du terroriste. Devant le monticule couvert de fleurs, Corinne fit un signe de croix et pria quelques minutes ; Fatima s'était raidie, elle ne savait pas quelle contenance prendre. Était-elle à sa place ? Ne rendait-elle pas un hommage implicite à l'activiste ? La prière finie, Corinne s'épancha :

— J'aime Nicolas. J'ai honte de ce qu'il a fait tout en l'aimant. Je serais incapable de dire qu'il est un salaud même s'il en était effectivement un.

— Je ne te demande surtout pas de le critiquer en public ! Il est avant tout une victime de cette haine diffuse qui a gangrené ta communauté autant que la mienne. Il faut redonner la vue aux aveugles, ramener les excités à la raison.

Elle se rappela les yeux fous, le rire dément de Nicolas Allowich lorsqu'il faisait danser Mohamed. Le mot « victime » était-il adapté ? Mais elle était bien obligée de l'employer pour ne pas braquer Corinne. Celle-ci explosa :

– Tu vois ces fleurs ? Des dizaines d'abrutis en déposent chaque jour au point que nous sommes obligées de les jeter. Si Nicolas était mort dans un accident de la route, ils n'en mettraient aucune. Nous aurions dû l'incinérer et disperser ses cendres. Je me doutais que cette tombe serait une erreur, mais Maman a tenu à l'enterrer.

Elle se tut quelques instants avant de reprendre :

– Je connaissais ton existence par les journaux, je sais que tu as évité que le bilan ne s'aggrave. J'ai souvent pensé à toi. Je voudrais tant que tu sois intervenue quelques minutes plus tôt, que tu aies empêché mon frère de tirer sur ce gamin. Jamais je n'oublierai ce qu'il a fait. À ma mort, j'y penserai encore !

– Tu n'es pas responsable de sa dérive, Corinne.

– Je suis sa sœur. Je le voyais et lui parlais tous les jours. Pourquoi n'ai-je pas deviné qu'il disjonctait ?

– Tu n'as rien à te reprocher !

– Je n'arrive pas à pleurer, je ne m'en sens pas le droit ; je suis trop furieuse contre moi.

Elle renifla, avant d'ajouter, véhémente :

– Hier, un crétin m'a demandé de lui dédicacer un bandeau. Il souhaitait le porter sur son front lors de sa prétendue *guerre de libération*. Il voulait ma bénédiction. Ah non ! Je ne serai jamais la gardienne de leur culte débile ! Je vais t'aider à lancer ton appel.

Corinne détourna la tête et demanda d'une voix timide.

— Rapporte-moi en détail ce que tu as vu. Je t'en supplie : ne me mens pas par charité ; j'exige la vérité aussi affreuse qu'elle soit.

Lorsque Fatima eut fini de lui rapporter le drame qu'elle avait vécu, Corinne soupira :

— Mon frère était fou.

Elle se tut quelques instants avant de reprendre, abattue :

— Tu peux compter sur moi ! Nicolas a laissé une dette que je suis incapable de rembourser ; cependant, je ferai mon possible pour en payer les intérêts.

Lorsque Dubernard l'appela pour s'informer, Fatima était soulagée. Elle avait gagné la première manche.

— Es-tu content, Xavier ? demanda-t-elle, timidement, après qu'elle eut rendu compte de son entrevue.

— Oui, mais je n'aime pas ta question, ma chérie. Je ne t'en aurais pas voulu si tu avais échoué.

Était-ce la vérité ? Continuerait-il à lui téléphoner sinon ? Elle avait l'impression que leur relation et l'action qu'elle avait engagée étaient indissociables.

— Je vais organiser une conférence de presse après-demain. Sois aussi persuasive qu'avec Corinne Allowich, et tu remporteras la bataille de la médiatisation, ma jolie Fatima, conclut-il avant de raccrocher.

Lorsqu'elle rangea son portable dans son sac, elle s'effraya du pouvoir qu'il exerçait sur elle : pour lui plaire, pour garder le contact avec lui, elle était capable de faire n'importe quoi.

Au moment de sortir, Corinne demanda à sa mère :

– Je suis bien ? Pas de détails qui clochent dans mes vêtements ? Tu ne veux vraiment pas m'accompagner ? Tu ne serais pas obligée de prendre la parole.

Corinne avait choisi de porter un jean noir, un pull bleu marine et un manteau sombre. Elle avait mis un bandeau blanc dans ses cheveux habituellement coiffés en queue-de-cheval. Sa mère répondit d'une voix sourde :

– N'y va pas ! Corinne, décommande-toi !

Elle n'avait pas osé jusque-là protester contre la décision de sa fille.

– Non, Maman. Je dois y aller.

– Que diront les gens si tu participes à cette fraternisation grotesque avec des musulmans ?

– De qui parles-tu ? Des charognards qui encensent Nicolas malgré son crime ? Plus ils seront furieux, plus je serai contente.

– Tu trahis ton frère !

– Si Nicolas t'avait annoncé, « Maman, je vais descendre des Arabes », tu ne lui aurais rien dit !

Elle sortit en claquant la porte.

Corinne retrouva Fatima dans le hall de l'hôtel de ville où Xavier avait réservé une salle pour elles.

– Maman ne se sentait pas bien, elle a préféré ne pas venir, annonça-t-elle d'abord une voix tendue.

Mais elle se rétracta aussitôt :

– En fait, elle a refusé de m'accompagner et a même exigé que je renonce à lancer notre appel. Pour elle, je trahis Nicolas.

Fatima lui pressa affectueusement le bras.

– Merci d'être venue !

– As-tu une idée du nombre de journalistes qui envisagent d'assister à notre conférence de presse ?

— Nous n'aurons pas beaucoup de succès, je pense. Un représentant de *La Voix de l'Oustrélie* se déplacera, c'est sûr. Et si nous avons de la chance, les actualités régionales délégueront un reporter.

— J'ai le trac, avoua Corinne. J'espère que je pourrai parler tout à l'heure.

— Moi aussi, je suis nerveuse…

Elle ne termina pas sa phrase. Dominique Boug s'avançait vers elles en souriant.

— Mesdemoiselles, votre idée est formidable. Je ne voulais manquer cet événement pour rien au monde.

Fatima se rembrunit. Elle serra à contrecœur la main du maire.

— Est-ce le capitaine Dubernard qui vous a informé de notre initiative ?

— Non, il a retenu cette salle sans préciser pourquoi il en avait besoin. Mais j'ai mes entrées à la télévision régionale.

— Monsieur le maire, demanda Fatima sur un ton glacial, avez-vous l'intention d'être photographié avec nous à l'issue de la conférence de presse ?

— Bien sûr.

— Je refuse catégoriquement.

— Je ne vous suis pas. Vous cherchez bien à donner le maximum de publicité à votre action, non ? Poser avec moi donnerait du poids à votre appel.

— Désolée de vous contredire : si vous apparaissez à nos côtés, nous perdrons toute crédibilité auprès des Saint-Pierrais, car notre démarche paraîtra trop partisane. Nous irions à l'encontre du but recherché.

— Vos insinuations sont blessantes. Je vous demande de les retirer. Je suis un plus et en aucun cas un moins !

— Chat échaudé craint l'eau froide. Je ne servirai pas de caution à vos petites manœuvres comme la dernière fois lorsque vous m'avez rendu visite à l'école et que vous avez tiré parti de cette rencontre.

— Pour qui vous prenez-vous ? Sans mon aide, vous n'arriverez à rien. Vous aurez un article dans *La Voix de l'Oustrélie* de demain, et après ? Combien de personnes le liront ? On ne s'arrache pas le journal dans vos quartiers respectifs. Que ferez-vous ensuite ? Du porte-à-porte ? Vous n'aurez pas plus de succès que les Témoins de Jéhovah. Si vous distribuez des tracts, ils finiront à la poubelle. Votre action capotera rapidement. Un mot de moi et le journaliste de la télévision régionale repartira sans rien filmer. Or le *19/20* est bien suivi à Saint-Pierre. Avec lui vous toucherez un large public.

— Nous échouerons immanquablement si nous vous laissons phagocyter notre appel.

— Attendez ! Je peux être une formidable caisse de résonance et transformer une simple brise en ouragan. Votre mouvement est condamné si les médias nationaux n'en parlent pas. Je sais à quelle porte frapper, et pas seulement au niveau régional. Je peux vous obtenir les journaux télévisés de TF1 ou de France 2. J'ai également le pouvoir de tuer dans l'œuf votre initiative. Je suis incontournable.

Fatima sentit qu'il ne bluffait pas. Elle soupira :

— Monsieur Boug, je vous présente mes excuses, si je vous ai blessé tout à l'heure. Ce n'était pas mon intention, mais si nous voulons être crédibles et fédérer le maximum de personnes, nous devons lancer un appel sans vous y associer au départ. Nous acceptons votre aide si vous nous l'offrez, mais vous devez rester dans les coulisses et ne jamais apparaître sur le devant de la scène.

— Je n'apprécie pas en général d'être cantonné aux seconds rôles.

— Je tiens pour faux le portrait dressé par vos adversaires ; vous n'êtes certainement pas un politicien sans scrupule seulement préoccupé par le pouvoir et l'argent.

— Bien sûr que non ! Je n'aime pas du tout vos insinuations. Je les trouve offensantes.

— Navrée, je n'avais pas l'intention de vous offusquer. Et puisque nous en sommes à nous faire mutuellement des reproches, je tiens à vous signaler que vous m'avez choquée, en m'utilisant sans me demander mon avis pour votre propagande.

— Je souhaitais rendre hommage à votre courage.

— Vous pouviez me féliciter sans immortaliser cet instant par une photo que vous avez par la suite complaisamment diffusée. Pour en revenir à notre discussion actuelle, si vous désirez pacifier cette ville, appuyez-nous sans arrière-pensée. Plus tard, vous recueillerez les fruits de votre sagesse.

Elle consulta sa montre.

— Nous devons y aller. À votre place, je laisserais le cameraman de la télévision régionale nous filmer, sinon vous paierez très cher les pots cassés. Viens, enjoignit-elle à Corinne.

Elles s'avancèrent, obligeant le maire à se ranger sur le côté pour les laisser passer.

— Je ne savais pas quoi lui répondre, murmura Corinne. Tu t'es bien défendue, mais nous nous sommes fait un ennemi.

— Tant pis. Ce n'est pas grave.

— Je l'espère.

Le journaliste de *La Voix de l'Oustrélie* les attendait dans la salle réservée par Xavier.

– Mon rédacteur en chef est emballé par votre initiative, leur apprit-il. Vous aurez la une demain, promis.

Elles furent réconfortées par l'enthousiasme du reporter. Fatima sortit une feuille de sa poche.

– Nous avons rédigé un texte. Nous avions l'intention de le lire à tour de rôle. Nous ne sommes pas des professionnelles de la conférence de presse, s'excusa-t-elle.

– Ne vous inquiétez pas ! Au contraire, je préfère que vous soyez novices. Votre démarche paraîtra d'autant plus spontanée. Serai-je le seul journaliste présent ?

– Nous avions invité vos confrères. Nous espérions au moins les actualités régionales, mais apparemment elles n'ont délégué personne.

La porte de la salle s'ouvrit et un homme portant une caméra entra, suivi du maire. Fatima ragea.

– J'espère qu'il ne va pas essayer de passer en force ? chuchota-t-elle à l'oreille de son amie.

Boug, voyant son air furibond, s'empressa de la rassurer :

– Ne vous inquiétez pas. Je n'interviendrai pas. Je resterai silencieux dans mon coin comme vous le désirez.

– Je suis pressé, lança le cameraman après l'échange de poignées de main. Commençons immédiatement !

– Nous avions prévu de lire ce texte.

– Très bien ! Asseyez-vous et démarrez.

Devant le ton comminatoire, elles obtempèrent. Corinne parla dès que le représentant de la troisième chaîne eut mis en marche son caméscope.

– Je m'appelle Corinne Allowich. Mon frère Nicolas, accompagné par quelques camarades égarés comme lui par une propagande odieuse et stupide, a assassiné un adolescent sur la place du marché de Saint-Pierre. Nicolas a été tué par les forces de l'ordre après avoir refusé de se rendre.

— Je suis Fatima Ousselik, j'ai été témoin de l'attentat de la place du marché. Je suis intervenue pour empêcher qu'il y ait des victimes, malheureusement un de mes anciens élèves est mort dans mes bras. Il s'appelait Mohamed. Il était gentil et serviable. Pour le venger, des exaltés ont égorgé trois innocents qui n'avaient rien à voir avec le drame.

— Mohamed, mon frère et tous ceux qui ont perdu la vie dans cette tragédie n'auraient jamais dû mourir. Ils sont victimes de cette haine qui empoisonne notre ville et notre pays. Nous exigeons qu'ils soient les derniers à être tués dans de telles circonstances. Aucune mère, aucune sœur ne doit plus verser de larmes pour un proche abattu à cause d'idées stupides et arriérées !

— Œil pour œil finira par rendre la France aveugle !

— Nous sommes tous français et nous habitons le même pays. La violence ne résoudra aucun problème. La violence est le problème !

Leurs répliques, empreintes d'une bien-pensance conventionnelle, s'enchaînaient sans temps mort. Elles oublièrent leurs doutes, la caméra qui les filmait, le journaliste qui prenait des notes à toute vitesse. Quand elles eurent terminé de lire leur texte, le reporter de *La Voix de l'Oustrélie* photographia les brouillons de leur intervention afin qu'elle soit publiée *in extenso*. Le cameraman se contenta pour sa part de grommeler qu'il était en retard. Elles n'osèrent pas lui demander si son reportage allait passer à l'antenne. Avant de partir à son tour, Boug s'approcha d'elles avec un grand sourire :

— Je vais contacter mes relais à Paris pour donner le maximum de retentissement à votre appel en commençant par *Soir 3*. La présentatrice est une de mes amies personnelles.

Malgré les préventions qu'elle continuait à nourrir contre lui, Fatima le remercia le plus chaleureusement qu'elle put.

Chapitre 9

Le surlendemain de la conférence de presse, Xavier fut convoqué par ses supérieurs à Paris. Y voyant un signe du destin, il téléphona dès qu'il le put à Nicole.

— J'effectue cet après-midi une visite éclair dans la capitale. J'ai rendez-vous au ministère à seize heures et je repartirai peu de temps après la fin de mon entretien. Parviendras-tu à te libérer pour me rencontrer ? Je suis navré de ne te prévenir qu'à la dernière minute, mais je n'ai reçu mes instructions qu'à midi.

— Je me débrouillerai. Tu arrives en train ?

— Oui. Je suis actuellement dans le hall de la gare de Reims. Je prends mon TGV dans dix minutes.

— Je t'attendrai sur le quai.

Pendant tout le voyage, il pensa à Nicole. Il appréhendait de la retrouver, de comparer l'émotion qu'il éprouverait quand il la reverrait avec le trouble qu'il ressentait lorsqu'il rejoignait Fatima. Saurait-il enfin qui il aimait ? Tôt ou tard, il serait contraint de choisir et cette idée le terrifiait. Alors que le TGV s'approchait de la gare de l'Est, il appela sa tante Delphine. Sa lettre l'intriguait et il voulait en savoir plus.

— Je suis en déplacement professionnel à Paris, expliqua-t-il. Pourquoi souhaites-tu que je te rende visite ?

— Je ne peux vraiment pas t'en parler au téléphone. Arrange-toi pour venir chez moi.

— J'ai peu de temps libre devant moi et j'ai une amie qui vit à Paris. Je préfère bien sûr me consacrer à elle.

— Un flirt sérieux ?

Il hésita avant de répondre positivement.

— Amène-la avec toi. J'ai quelque chose à te dire.

— Je verrai selon le temps qui me reste. Je te rappellerai au cas où.

— Je t'en supplie, Xavier. Viens me voir.

Il coupa la communication et consulta sa montre. Il allait bientôt revoir Nicole. Les visages de ses deux amies flottaient en se mélangeant dans sa mémoire et il ne savait plus où il en était. Quand le convoi entra dans la gare, il resta assis jusqu'à ce que le wagon s'immobilise définitivement. Il se leva alors comme à regret et descendit oppressé sur le quai.

— Xavier, l'appela Nicole.

Elle se jeta à son cou. Il céda à l'appel de sa bouche et ils s'embrassèrent goulûment devant le marchepied, obligeant les autres voyageurs à les contourner.

Quand ils reprirent leur souffle, il lui prit sa main et la mena à l'écart. Elle portait un jean déchiré au genou et un hideux tee-shirt vert. Ses cheveux étaient courts, si courts ! Son visage était beau, illuminé par son regard bleu. Il comprit qu'il l'aimait, mais qu'il aimait aussi Fatima et qu'il était incapable de choisir.

Le colonel Fuch-Wenzel, qui reçut Xavier au ministère, était le même officier qui lui avait confié le commandement du 102 GR.

Trois semaines en avril

— Capitaine, nous avons apprécié l'article de journal et la vidéo de la conférence de presse que vous nous avez fait parvenir hier. Excellent travail ! L'idée vient de vous ?

— Non, de Fatima Ousselik. Je l'ai aidée bien sûr à la mettre en forme, je l'ai incitée à joindre Corinne Allowich, mais Melle Ousselik est à l'origine de cette action.

— Quelle suite compte-t-elle donner à son appel ?

— Elle ne sait pas trop.

— Il faut qu'elle continue, qu'elle s'engage à fond, qu'elle crée un mouvement qui fasse tache d'huile. L'initiative de ces filles vient à point nommé. Nous allons l'épauler en lui fournissant le nerf de la guerre.

Il se leva et ouvrit un coffre derrière lui. Il en sortit une liasse de billets qu'il jeta sur son bureau.

— Voilà dix mille euros. Comptez et faites-moi un reçu.

Xavier s'exécuta. Son supérieur lui tendit une feuille sur laquelle il copia et signa un texte sous sa dictée.

Lorsque le colonel eut sa quittance, il expliqua :

— Les fonds sont prélevés sur un budget particulier du ministère de la Défense. Ces jeunes femmes ont carte blanche pour les utiliser sous votre contrôle. Les frais montent vite quand on ajoute le prix des tracts, des affiches et des locations de salles. Vous veillerez au bon usage de notre subvention, je vous fais entièrement confiance. Cependant, lors de votre prochaine visite, vous me ferez un compte rendu détaillé de vos dépenses.

À sa sortie du ministère, Dubernard retrouva Nicole qui l'attendait patiemment sur le trottoir.

— As-tu encore suffisamment de temps ? Tu m'accompagnes chez moi ? À moins que nous prenions une chambre d'hôtel dans les environs ?

— Désolé de te décevoir, mais j'ai une affaire de famille à régler.

Il se demandait ce que Delphine lui voulait et, en même temps, il était content de trouver une échappatoire. Il redoutait de faire l'amour avec Nicole, de ne pas en retirer autant de plaisir qu'avec Fatima. Elle renifla et s'étonna, mécontente :

— C'est-à-dire ? Quelque chose d'important ? Tu ne m'en as pas parlé lorsque tu m'as téléphoné pour me prévenir de ton arrivée.

— Les événements se sont bousculés ! Accompagne-moi si tu veux.

Les yeux de la jeune femme brillèrent de plaisir.

— Tu vas chez tes parents ! Tu vas me présenter ?

— Non, je dois passer chez ma tante. Elle habite à côté. Alors, tu acceptes de venir avec moi ?

— Bien sûr !

Ils durent faire un détour pour se rendre chez Delphine. L'avenue Théodore-Rousseau était bloquée. Une voiture piégée par les islamistes du FIL avait explosé et les artificiers fouillaient les autres véhicules à la recherche d'éventuelles bombes. La réplique des groupes Charles Martel ne tarderait pas : les terroristes observaient un rituel implacable et sanglant. Lorsque l'une des deux organisations extrémistes commettait un attentat, l'autre se vengeait aussitôt sur la communauté ennemie.

Les Français, pris en otage par les fanatiques des deux bords, comptaient les coups, résignés et impuissants. Ces derniers temps, le rythme des plasticages s'était ralenti, comme si les assassins s'étaient lassés de tuer. L'impact médiatique des attentats s'était émoussé : ils ne faisaient même plus la une des journaux, tant l'opinion publique s'était habituée à l'horreur.

Delphine vivait dans un complexe d'immeubles de luxe, conçu pour assurer un maximum de protection à ses habitants. La résidence était ceinte par une haute grille de fer forgé, surmontée par des caméras de surveillance. Une épaisse haie de thuyas la protégeait des regards extérieurs. On accédait à cette enclave par une entrée munie d'un sas et surveillée par un vigile armé. Ce dernier appela la tante de Xavier et lui demanda d'identifier les deux jeunes gens. Ils durent présenter leurs papiers d'identité qui furent scannés. Lorsqu'ils passèrent le porche, ils découvrirent un jardin magnifique entourant une piscine et quelques immeubles à l'architecture audacieuse.

– Dis donc, Xavier, murmura Nicole ébahie, ta famille a du fric.

Cette résidence était une oasis de luxe au milieu d'une capitale rongée par la misère. Le peuple français s'était fragmenté en tribus qui vivaient sur des territoires séparés et ne se mêlaient pas entre elles. La fracture passait non seulement entre noirs, musulmans et Français de souche, mais entre privilégiés et défavorisés de même origine. L'apartheid social et ethnique était devenu étanche. Les diverses tribus n'avaient plus grand-chose en commun. Elles ne consultaient pas les mêmes médias pour s'informer, ne regardaient pas les mêmes chaînes de télévision, ne fréquentaient pas les mêmes écoles et n'avaient pas les mêmes perspectives d'avenir. Et selon certains sociologues, même les langues se dissociaient.

Delphine était une jolie brune de quarante-huit ans. Elle avait hanté l'imaginaire de Xavier dans son enfance. Il la voyait comme un rayon de soleil perçant les nuages pour illuminer un monde gris et terne. Elle venait rarement chez ses parents, mais elle arrivait les bras chargés de cadeaux en s'excusant de les avoir si longtemps négligés. Elle ne restait pas longtemps et repartait très vite.

Au contact de sa tante il s'était forgé une image de femme idéale, raffinée, parfumée et féminine qu'il retrouvait chez Fatima. Mais ce modèle qui l'attirait tant n'était pas dénué d'ambiguïtés, car il se mêlait intimement avec la notion de péché. La mère de Xavier désapprouvait en effet sa sœur.

— Elle n'aime pas son ami, elle ne reste avec lui que pour son argent ; au fond, elle n'est qu'une prostituée, répétait-elle à intervalles réguliers à son mari.

Elle avait honte de ne pouvoir gâter son fils autant qu'elle aurait voulu et de dépendre de sa cadette pour le superflu. La mésentente entre les deux sœurs avait atteint son paroxysme lorsque Xavier avait décroché son bac. Delphine avait exigé qu'il vienne à Paris dans un grand lycée en proposant de payer les frais de scolarité. Elle avait promis de faire engager Xavier par son époux sitôt son diplôme d'ingénieur en poche. Sa mère s'était battue bec et ongles contre ce projet. Elle avait finalement cédé, car son mari avait pris le parti de sa belle-sœur.

Dubernard s'était senti déchiré par ces querelles familiales qui le dépassaient. Il avait essayé de tenir la balance égale entre les deux sœurs et, par loyauté envers sa mère, il avait refusé la carrière que sa tante voulait lui imposer. Il était entré à Saint-Cyr alors qu'il aurait pu intégrer Centrale Paris s'il l'avait voulu ; Delphine ne le lui avait pas pardonné son choix ; elle boudait depuis et ne l'avait plus contacté depuis qu'il avait changé de numéro de portable.

Sa tante l'accueillit à bras ouverts. Elle l'étreignit avec fougue et l'embrassa avec cette exubérance qui contrastait tant avec la froideur apparente de sa mère si avare de ses baisers.

— Mon grand, je suis contente de te revoir, répéta-t-elle, plusieurs fois.

Il était mal à l'aise, sur la défensive. Il n'oubliait pas que l'éloignement venait d'elle et non de lui. Et il avait peur de ce qu'elle voulait lui apprendre. Elle les fit entrer dans un vaste salon qui s'ouvrait sur une imposante cheminée. Xavier constata avec surprise qu'une photo prise le jour de ses dix-huit ans trônait à la place d'honneur. Elle les fit asseoir sur un vaste canapé circulaire et leur versa du champagne, pour fêter leurs retrouvailles. Par politesse, Delphine demanda des nouvelles de parents de Xavier, mais elle écouta à peine sa réponse. Elle en vint rapidement à l'essentiel :

— Nous allons émigrer au Canada, nous en avons assez de la France. Ce pays est devenu invivable et n'offre plus aucune perspective. Ces dernières années, ton oncle Jean-Louis a investi massivement outre-Atlantique et réalise désormais une bonne part de son chiffre d'affaires au Québec. Aussi nous allons nous installer à Montréal et nous souhaitons t'emmener avec nous.

Devinant à son expression qu'il allait rejeter sa proposition sans même l'examiner, elle lui coupa la parole :

— Attends avant de refuser, j'ai une révélation à te faire. Mademoiselle, dit-elle en se tournant vers Nicole, je vais vous l'emprunter quelques minutes pour lui parler en tête à tête. Pardonnez-moi d'être discourtoise.

Prenant la main de son neveu, elle le fit lever et l'emmena dans un bureau contigu dont elle referma la porte.

— Xavier, désires-tu connaître l'identité de tes vrais parents ?

Il avait été adopté. Les Dubernard lui avaient appris très tôt qu'il n'était pas leur fils biologique. Il ne leur avait jamais demandé d'explications et pensait rarement à ses origines, comme si les connaître n'avait aucune importance.

– Je t'écoute.

Il bouillait intérieurement d'une colère froide, monstrueuse ; il devinait ce qu'elle allait lui apprendre et il était révolté à l'avance par cet aveu.

– Je suis ta mère et Jean-Louis est ton père. À l'époque, il était marié. Il ne pouvait ni divorcer ni te reconnaître, sinon sa femme l'aurait dépouillé de ses biens. Il a refusé que j'avorte par conviction religieuse. Je ne pouvais pas te garder avec moi. Mon beau-frère t'a déclaré comme son fils et a prétendu que tu étais né de mère inconnue, un tour de passe-passe juridique qu'un bon avocat a pu arranger sans problème. Ma sœur t'a adopté dès qu'elle a pu. Mais elle m'a imposé une condition ; tu ne devais en aucun cas avoir deux mamans.

Ivre de fureur, Xavier l'écoutait les poings serrés. Il était révolté par son ton qu'il jugeait froid, dénué d'émotion, par son manque d'empathie apparent. Il sentait qu'elle débitait un discours préparé depuis longtemps et dont elle avait choisi les mots avec soin. Il aurait préféré qu'elle lui apprenne la vérité en improvisant, en laissant parler son cœur, mais elle continua ses révélations d'une voix sourde, impersonnelle.

– J'ai dû longtemps cacher ma relation avec Jean-Louis ainsi que ton existence. Je me suis mise en retrait pour respecter la parole que j'avais donnée à ta mère et pour ne pas lui compliquer la tâche tant que tu étais petit. Lorsque je me suis enfin mariée, il était trop tard : tu étais devenu l'enfant de ma sœur et j'étais une étrangère pour toi. Je voulais te parler depuis longtemps, t'expliquer ce qui s'était passé, mais cette confidence n'est pas facile à faire et j'ai reculé à chaque fois que j'étais sur le point de te contacter. Notre départ au Canada m'oblige à sauter le pas.

Elle le dévisagea, avant d'implorer :

– Dis-moi quelque chose, Xavier !

Elle avança une main pour lui caresser la joue, mais il s'écarta, furieux.

– Je m'en vais.

– Attends. Reste !

Il rejoignit Nicole :

– Finis ton verre. Nous partons !

– Déjà ?

– Reste, chéri, hurla Delphine qui l'avait suivi. Nous devons parler, discuter. Je sais que la situation est difficile à accepter pour toi. Mais n'oublie pas : une nouvelle vie t'attend au Canada. Emmène Nicole avec toi !

Tirant son amie par la main, il s'empressa de sortir de l'appartement. Intriguée, la jeune femme le regarda d'abord sans parler, mais quand les portes de l'ascenseur s'ouvrirent, elle lança, avec une pointe d'ironie affectueuse dans la voix :

– Eh bien ! Ta tante a dû t'apprendre une horreur, car tu es bouleversé. Dommage que tu sois fâché contre elle. Moi, si je le pouvais, je partirais au Canada. J'en ai marre de mon existence actuelle.

Il lui reprocha intérieurement cette remarque et imagina la réaction de Fatima, si elle avait été à sa place. Elle aurait deviné qu'il venait de vivre un des pires moments de sa vie. Elle l'aurait consolé et ne serait pas restée, comme Nicole, une spectatrice amusée.

Ils prirent le chemin de la gare, où ils attendirent en n'échangeant que quelques mots l'heure du départ. Alors que le train pour Reims se rangeait le long du quai, elle lui répéta qu'elle l'aimait, mais il ne prêta pas attention à ses propos tant il était perdu dans ses pensées.

Pendant le voyage qui le ramenait vers Saint-Pierre, vers Fatima, il prit conscience que Delphine ne lui avait rien appris : en fait, il savait depuis toujours qu'elle était sa mère. Peut-être avait-il entendu lorsqu'il était petit une réflexion qui l'avait mis sur la voie, mais il avait refoulé la vérité jusqu'à ce qu'elle soit ensevelie dans les couches profondes de sa mémoire ; la souffrance était restée souterraine, masquée, sous-jacente. Delphine avait déchiré les pansements qui recouvraient la plaie et celle-ci était de nouveau à vif. Il avait l'impression que jamais il ne pardonnerait à sa génitrice de l'avoir rejeté à sa naissance parce qu'il gênait, parce qu'il était un fardeau. Et il ressentait douloureusement le souhait malhabilement exprimé par ses parents biologiques de le récupérer comme si rien ne s'était passé. Non, il n'était pas une poupée qu'on range dans un tiroir et qu'on ressort selon l'envie.

Une haine, féroce, excessive, fulgura en lui et atteignit son paroxysme alors qu'il quittait la gare de l'Est, avant de décroître lentement au fil du voyage. Il finit même par trouver quelques excuses à Delphine. Elle n'avait aucune façon satisfaisante à sa disposition pour lui apprendre la vérité. Elle n'allait pas se frapper la poitrine en signe de contrition. Cela n'aurait servi à rien. En outre, elle souffrait probablement de la situation. Sa faute originelle, la seule qui comptait, avait été commise trente ans auparavant quand elle avait remis son bébé à sa sœur pour qu'elle l'élève comme son propre fils, quand elle s'était totalement effacée, alors qu'elle aurait dû le garder auprès d'elle ou du moins tenter de nouer des liens forts avec lui. Cette erreur ne pourrait jamais être réparée, juste atténuée, et jusqu'à la fin de leurs vies, ils en supporteraient les conséquences. Quand il reprit son commandement, le choc s'était à peine amoindri, il était triste, abattu, mais il éprouvait surtout un immense sentiment de gâchis.

Pendant les deux jours qui suivirent sa conférence de presse, Fatima hésita à sortir de chez elle, tant elle avait peur des réactions de ses voisins. Pourtant, elle aurait dû, pour suivre la logique de son appel, aller au-devant de ses coreligionnaires, provoquer le débat, parler avec eux. Une crainte diffuse, qu'elle ne parvenait pas à surmonter, la minait. Elle se remémorait sans cesse la visite de l'émir et redoutait d'affronter ses partisans. À plusieurs reprises, elle envisagea de faire des courses, avant de renoncer au dernier moment. Lorsqu'elle se décida enfin, juste avant la fermeture des magasins, l'angoisse lui serrait le ventre.

Les voisins qu'elle croisa dans l'escalier la saluèrent distraitement sans s'arrêter. À travers la porte vitrée de son immeuble, elle remarqua un groupe d'adolescents qu'elle ne connaissait pas. Ils discutaient assis sur un muret de béton situé de l'autre côté de la chaussée. Étaient-ils là pour elle ? Elle hésita avant de prendre sur elle et de se glisser à l'extérieur. Heureusement, les jeunes ne s'intéressèrent pas à elle et continuèrent leur conversation.

La rue lui semblait hostile. Elle marcha à grands pas, en baissant la tête, jusqu'au marchand de journaux, installé à l'entrée de la galerie marchande du quartier. Seuls deux commerces étaient encore ouverts dans ce centre commercial autrefois prospère. Alors qu'elle examinait les titres des revues exposées à l'extérieur, elle entendit une voix masculine crier :

– Va-t'en, chienne ! Retourne chez toi, tu souilles ce trottoir.

Trois semaines en avril

Elle se retourna et un jet de salive s'écrasa à ses pieds. Son agresseur, un homme grand et barbu, brandissait un poing menaçant dans sa direction. Heureusement, une jeune femme vint à son secours.

— Laisse-la tranquille, bouffon ! Arrête de t'en prendre à elle.

L'islamiste surpris haussa les épaules et s'en alla sous les quolibets de la nouvelle venue. Fatima s'approcha de son alliée.

— Je vous remercie de m'avoir aidée.

La fille était petite et mate de teint. Elle portait un jean noir délavé et un parka vert.

— Je m'appelle Nadia Askraff. Je t'ai entendue avant-hier à la télévision. Tu as été formidable. Ne te laisse pas impressionner par ce crétin, continue ton combat !

Fatima était encore sous le choc de l'agression verbale. Elle tremblait et Nadia s'en aperçut.

— Veux-tu que je t'escorte jusque chez toi ? On ne sait jamais avec ces tarés.

— D'accord, mais je termine d'abord mes courses.

Elle choisit rapidement des revues qu'elle se dépêcha de payer. Elle renonça à entrer dans l'épicerie voisine ; elle se débrouillerait avec le ravitaillement qui lui restait. Pendant le trajet de retour, Nadia l'interrogea :

— As-tu prévu une nouvelle action ?

— Pas pour l'instant.

— Dommage. Tu devrais aller plus loin si tu peux.

Fatima avait peur ; aveuglée par les sentiments qu'elle éprouvait pour Xavier, elle s'était lancée dans son aventure sans réfléchir aux conséquences et se trouvait maintenant désemparée devant les réactions qu'elle suscitait. Arrivée devant son immeuble, elle proposa à Nadia de monter quelques instants. À sa grande joie, cette dernière accepta sans se faire prier. Tandis qu'elle préparait du café dans la cuisine, son invitée remarqua :

— Ton appartement est joliment décoré. Tu as du goût. Moi, je vis chez mes parents ; ils sont gentils, mais j'aimerais prendre mon indépendance. Seulement, je n'ai pas de travail régulier ; j'assure de temps à autre des intérims. J'ai un BTS comptable, mais nous sommes tellement à en avoir un ! J'aurais mieux fait de devenir infirmière comme ma sœur. Enfin, je ne désespère pas : je décrocherai tôt ou tard un job stable.

Après un court silence, elle demanda. :

— Tu as les moyens de louer un appartement au centre-ville. Pourquoi restes-tu dans cet immeuble dégradé ?

— J'ai pris ce F2 par commodité. Il est proche de mon école. Et puis les musulmans habitent dans le ghetto, non ?

Elle était ironique en faisant cette constatation, mais son invitée la prit au premier degré.

— Attends ! Que signifie pour toi ce terme, « musulman » ? Il désigne une race ? Un peuple ?

— Sincèrement, je n'en sais rien !

— Trouves-tu normal que les gens vivent à part selon leur religion et qu'il n'y ait pas de mélange ?

— C'est dommage en effet, malheureusement la pression sociale va dans ce sens.

— Quand je t'ai vue à la télé, tu m'as remué les tripes. Si nous ne réagissons pas, le monde que nous laisserons derrière nous sera atroce : une intifada interminable, comme en Palestine.

— Tu prêches une convaincue !

— Si nous restons dans notre coin en nous lamentant, tout explosera. Mon frère a un copain qui fait partie de la milice d'El Assam. Il paraît qu'ils ont reçu des armes et qu'ils brûlent de s'en servir.

— J'avais une idée, seulement je ne réunirai jamais assez de participants. Je pensais créer une chaîne humaine entre notre quartier et celui de la gare : les manifestants se tiendraient la main d'un bout à l'autre de la ville.

— Ton projet est formidable. Je t'amènerai du monde ! Je connais beaucoup de gens qui pensent comme nous.

Fatima sortit de sa cuisine avec deux tasses.

— Tu crois que nous pourrions être assez nombreux ?

— Essaye ! Lance un appel et tu verras bien ! Qui ne risque rien n'a rien ! Je refuse que mes futurs enfants mènent une existence de rats dans une ville déchirée par la haine et les attentats. L'intifada ne mènera nulle part, sauf à la misère généralisée. Nous n'avons pas grand-chose, mais si la violence monte encore d'un cran, nous perdrons le peu que nous avons.

L'image de l'enfant frappa Fatima. Elle ressentit une étrange envie : et si elle avait un bébé de Xavier, pour garder quelque chose de lui quand leur histoire serait finie ? Cette idée absurde s'évanouit aussitôt. Elle n'y pensait déjà plus lorsqu'elle retourna dans sa cuisine chercher le sucrier et la cafetière : elle réfléchissait aux moyens à mettre en œuvre pour réaliser cette chaîne humaine et elle se demandait si son idée était bien réaliste.

Pendant tout le voyage de Xavier à Paris, El Assam s'était promené ostensiblement devant l'entrée du gymnase qui servait de caserne, au point que les sentinelles avaient fini par prévenir Idriss. Ce dernier avait compris le message, mais il avait choisi de ne pas obtempérer dans l'immédiat pour marquer son indépendance. Il ne sortit pas de la caserne pour aller à la rencontre de l'islamiste ; il attendit le soir pour se glisser dans le ghetto. À peine, avait-il fait quelques pas dans les rues du quartier musulman que l'émir surgit devant lui :

— Salut, militaire !

— Tu souhaitais me voir visiblement ?

— Ouais ! Que manigance ton capitaine avec cette pute d'Ousselik ?

Ben Hamou lui raconta ce qu'il savait avant d'ajouter :

— Tu la laisses faire ? Tu n'essayes pas de lui clouer le bec ?

— J'attends : elle doit essayer et échouer, mais par la faute des kouffars, surtout pas de la nôtre. Ainsi nos frères comprendront que seul l'islam les protège et que les mécréants les rejettent.

— À ta place, je l'empêcherais de continuer. Elle s'est quand même acoquinée avec la frangine du salaud qui a tué Mohamed.

— J'attends mon heure, je te dis. Tu m'as fourni des renseignements intéressants et je vais les utiliser. Cette idiote basculera de notre côté au bon moment et sa propagande débile se retournera comme un gant en notre faveur. Plus son appel sera relayé par les télés, plus son ralliement à notre cause sera spectaculaire. Je compte sur toi pour me donner des arguments qui lui ouvriront les yeux.

Il lui expliqua ce qu'il attendait de lui. Ben Hamou l'écouta attentivement et comprit rapidement l'intérêt du plan de l'émir. Quand il le quitta, il était prêt à tout pour l'aider.

Le lendemain de son retour de Paris, Xavier appela Fatima et elle accourut pour le retrouver en ne prenant que le temps de se changer. Ils s'étaient donné rendez-vous dans le café situé en face de l'hôtel où ils avaient fait l'amour pour la première fois. Lorsqu'elle entra dans le bar, il se leva, fasciné. Elle était vêtue d'une robe bleue et blanche et d'un gilet de laine assorti. Elle était pâle, ses yeux étaient cernés en dépit de son maquillage impeccable, mais elle était particulièrement belle aux yeux de Xavier. Il éprouvait pour elle des sentiments passionnés qu'il aurait préféré réprimer et contre lesquels il avait lutté en vain ; plusieurs fois il avait été sur le point de composer son numéro, avant de ranger précipitamment son téléphone. Mais ce soir, il n'en pouvait plus ; il avait besoin d'elle, de son regard tendre, posé sur lui. Il la serra contre lui.

— Merci chérie, d'être venue si vite.

Elle ne répondit rien malgré la chaleur qui l'embrasait. Ils s'assirent, émus. Sans préambule, il lui raconta sa visite chez Delphine. Il ne parla pas de Nicole même s'il en caressa l'idée.

— Dommage ! Tu n'étais pas à mes côtés, ce jour-là.

Fatima buvait ses paroles, heureuse de le voir s'ouvrir devant elle, heureuse de s'enraciner en lui. Lorsqu'il eut vomi ses confidences, elle le consola avec des paroles anodines. Les mots qu'elle prononçait n'avaient aucune importance en eux-mêmes, mais sa façon câline et amoureuse de le fixer enivrait Xavier. Il comptait pour elle ; il était important, essentiel ; par-delà les yeux verts de la jeune femme, il en voyait d'autres qui s'étaient détournés de lui lorsqu'il était enfant.

Quand elle eut fini de le réconforter, elle lui exposa son idée ; elle avait peaufiné avec Nadia et Corinne les détails de la chaîne humaine joignant les quartiers musulmans et *petits blancs* et lui présenta un projet déjà bien avancé.

— Ma chérie, dit-il lui pétrissant la main. Je suis fier de toi.

Pourtant, il ne prononça pas les mots qui lui brûlaient les lèvres. Il pensait : « Je t'aime », mais il se tut, par pudeur, par peur. Ce soir-là, lorsqu'ils firent l'amour, ils ressentirent l'un et l'autre un plaisir inégalé. Xavier se sentait en harmonie, en phase avec elle. Il avait l'impression que rien ne pourrait désormais les séparer. Il ne s'enfuit pas sitôt le coït terminé, comme les autres fois. Il resta une heure à côté d'elle, immobile et rêveur, et ne se leva qu'à contrecœur, parce que le service l'appelait.

Chapitre 10

Le lendemain, Fatima téléphona au numéro que le maire lui avait donné. Elle tomba sur une secrétaire qui la fit patienter dix minutes avant de lui passer Boug. Elle commença par lui exposer son projet et, lorsqu'elle eut fini, elle sollicita son aide :

– J'ai besoin que vos sympathisants nous rejoignent pour faire nombre, mais vous ne serez pas en aucun cas associé à l'organisation de ma manifestation, vous ne serez qu'un invité. Je vais convier également les autres mouvements politiques et religieux, quels qu'ils soient, à se joindre à nous. À mon avis, vos plus dangereux concurrents pour la mairie ne se déplaceront pas.

Boug émit un petit rire.

– Topons là. Votre marché est honnête. Je serai votre rabatteur, anonyme comme vous le souhaitez, et je vous ramènerai du gros gibier.

Fatima raccrocha, mal à l'aise. Son initiative ne servirait-elle en définitive qu'à maintenir en place Boug et son système ? Hélas, la frontière entre l'accord réaliste et la compromission était poreuse. Malheureusement, le maire était pour l'instant incontournable et en dépit de ses défauts il était préférable à ses challengers extrémistes. Pourquoi se demanda-t-elle, amère, n'avait-on souvent le choix en politique qu'entre la grippe et la peste ?

Trois semaines en avril

Boug ne s'était pas vanté : il avait accès aux médias nationaux. Corinne et Fatima passèrent en direct à la fin du journal télévisé de treize heures de la première chaîne. Une journaliste les interviewa depuis une salle de la mairie de Saint-Pierre. Corinne avait obtenu de ne pas être interrogée sur Nicolas, ne se sentant pas capable d'en parler publiquement. Elle se contenta de répondre à une seule question soigneusement préparée. Fatima supporta le poids de l'entretien ; elle commença par expliquer les objectifs de son mouvement et de la manifestation prévue pour le lendemain :

— Je lance un appel à tous ceux qui veulent œuvrer pour la paix, poursuivit-elle. Je les invite à venir en masse à Saint-Pierre, samedi après-midi à partir de treize heures. Plus nous serons nombreux, plus nous pèserons sur les événements futurs.

— Apparemment vous êtes entendues. Un collectif d'artistes vient de se créer à Paris et d'annoncer qu'il sera présent demain à vos côtés.

La journaliste donna le nom de quelques-uns des membres de ce comité, des chanteurs et des acteurs connus. Tous avaient été contactés par Boug.

— Je suis contente de rencontrer un tel écho.

— Soutiendrez-vous des candidats aux prochaines municipales ? Ou appellerez-vous à boycotter des listes que vous jugeriez trop extrémistes ?

La question était piégée et Fatima se concentra pour y répondre :

— Nous ne donnerons en aucun cas de consignes de vote. Ce n'est pas notre rôle ! Les électeurs sont assez grands pour se déterminer eux-mêmes. Nous sommes apolitiques ; nous ne sommes pas une annexe du Front Républicain. Nous ne dépendons d'aucun parti.

Elle parlait de l'alliance nouée entre les mouvements de gauche et la droite modérée. Le principal but de cette coalition hétéroclite était d'empêcher les nationalistes de gagner les élections. Le journaliste insista :

— Mais le prolongement naturel de votre action n'est-il pas de faire battre les extrémistes au prochain scrutin municipal ?

— Je vous le répète : notre initiative se veut totalement neutre sur le plan politique. Nous ne prononçons aucune exclusive, aucun anathème. Nous prônons la coexistence pacifique et nous appelons tous les Français, quels qu'ils soient, à vivre ensemble dans un respect mutuel.

— Pourtant, votre principal ennemi est bien le racisme.

— Racisme est un mot galvaudé ! On l'a tellement utilisé à tort et à travers qu'il a perdu son sens premier. Nous luttons surtout contre la peur ; la peur que ressentent des millions de Français devant ceux qui ne partagent pas leur religion ou qui n'appartiennent pas à leur communauté. Nous voulons combattre ce sentiment destructeur. Nous n'avons qu'une seule recommandation et nous ne cesserons de la marteler, sans jamais nous lasser : Français, quelles que soient votre foi ou votre communauté discutez avec vos voisins, avec ceux que vous rencontrez dans la rue ou dans les magasins. Ce ne sont pas des extra-terrestres qui nourrissent de sombres desseins contre vous, mais des hommes et des femmes qui vous ressemblent à quelques détails mineurs près.

— Pour vous, la religion est un détail mineur ?

— Elle est avant tout une affaire de conscience et doit rester dans la sphère privée. Si elle est essentielle pour un individu, elle ne doit pas intervenir ou très peu dans ses rapports avec les membres des autres confessions.

— Vous vous opposez en cela aux islamistes qui veulent que la charia régisse la société.

— Nous ne nous déterminons pas par rapport aux musulmans intégristes. Nous ne cherchons pas à critiquer ni à combattre qui que ce soit. Encore une fois, nous observons une neutralité totale. Les croyants rigoristes comme les autres Français sont invités à se joindre à nous. Nous ne diabolisons personne. Tous les habitants de l'Hexagone, j'insiste sur le « tous », sont les bienvenus demain et nous n'élevons aucune exclusive. Je fais un rêve, celui de voir, en marge de notre chaîne humaine, un Français de souche, partisan de renvoyer les Arabes au Maghreb, discuter avec un musulman qui prône la charia et qu'à l'issue de ce dialogue l'un et l'autre révisent, spontanément, leur opinion, parce que la peur aura reculé des deux côtés. L'absence de communication exacerbe les fantasmes et les extrémismes.

Elle s'efforçait de faire passer la conviction qui l'animait sans faire la leçon, sans assener de vérité universelle. Les téléspectateurs la voyaient telle qu'elle était, une jeune femme ordinaire qui, un jour, s'était dressée contre la violence et la barbarie qui ravageait son pays. Quand la liaison avec Paris fut coupée, la journaliste, présente à Saint-Pierre, remarqua :

— Vous avez été parfaite ; vous allez faire un tabac.

Corinne Allowich s'approcha de Fatima et lui glissa à l'oreille :

— Dommage que Nicolas n'ait jamais entendu ce type de discours. Il aurait peut-être réfléchi et ouvert les yeux.

Fatima prit la main de la jeune femme et la pressa affectueusement.

— Pleure ton frère, Corinne ; tu en as le droit.

— Non, j'ai trop honte.

Elle se réfugia dans les bras de son amie qui la serra contre elle.

Lorsque Idriss Ben Hamou rencontra à nouveau El Assam, il l'interpella, mécontent :

— Le carnaval d'Ousselik aura du succès demain. On organise des voyages en bus depuis toutes les villes de la région ou presque. Un autocar est même prévu au départ de Paris. Pire, les croyants se portent volontaires en nombre pour encadrer leur mascarade de chaîne humaine.

— Les naïfs mordent à l'hameçon, mais t'inquiète pas, je vais m'arranger pour gâcher la fête. As-tu découvert des documents intéressants ?

Ben Hamou sortit de sa poche une enveloppe.

— J'ai du lourd, oui ! J'ai le numéro de téléphone de la copine de Dubernard, un cliché où on voit les deux tourtereaux enlacés et j'ai pris en photo un SMS très explicite que cette fille lui a envoyé. Dubernard est trop confiant. Il a laissé traîner sans surveillance son portable. J'ai bondi sur l'occasion sans qu'il ne s'aperçoive de rien.

L'émir ouvrit l'enveloppe et déplia les feuilles qu'elle contenait. Quand il eut fini de les consulter, un sourire de satisfaction se dessina au coin de ses lèvres :

— Excellent travail ! Ousselik va basculer de notre côté.

— Et si tu ne la convainquais pas ?

— Avec ces preuves ?

— On ne sait jamais.

— Et si le soleil s'arrêtait en pleine journée au milieu du ciel ?

Après avoir longtemps hésité, Fatima décida de téléphoner au dirigeant de l'Alliance patriotique :

— Vous joindrez-vous à notre chaîne demain, monsieur Vace ? lui demanda-t-elle, après s'être présentée.

— Certainement pas.

— Pourquoi ? Prônez-vous la guerre civile ?

— Comme vous y allez ! Que je refuse de soutenir votre initiative ne signifie pas que je souhaite pour autant des affrontements inter-ethniques. Votre manifestation est sympathique, cependant elle ne règle rien et occulte le vrai problème.

— Lequel ?

— Elle ne dénonce pas ouvertement la dérive sécessionniste des musulmans rigoristes.

— Je déplore votre réaction, que vous restiez figé sur vos préjugés.

— La communauté intégriste se sépare chaque jour un peu plus du reste du pays. Elle a désormais ses lois basées sur la charia, ses mœurs conformes au Coran, ses zones où l'islam impose sa férule, ses télévisions, ses journaux, ses écoles coraniques, et vous, vous arrivez avec votre moraline naïve et gentillette. Vous nous lancez avec un beau sourire : « Acceptez tout sans rechigner et tout ira bien. »

— Vous ne comprenez pas le sens de mon action. Au contraire, je désire enrayer cette ségrégation naissante que vous dénoncez. Or, elle trouve sa source dans le sentiment qu'éprouvent de nombreux musulmans d'être rejetés par les autres Français.

— Votre argument est l'explication bobo, infantile et naïve de la sécession intégriste, répondit Vace sur un ton sec. Elle est totalement fausse. Non ! Les Français de souche ne sont en aucun cas responsables de l'apartheid qui se met en place ; le Coran est le seul coupable, car les lois qu'il prône sont incompatibles avec celles de la République.

— Mes coreligionnaires se réfugient dans l'islam et le brandissent comme porte-drapeau parce qu'ils ne se sentent pas citoyens à part entière de l'État dans lequel ils vivent. En organisant ma manifestation, je veux les inclure dans la communauté nationale. Puisque vous refusez les enclaves islamiques, rejoignez-moi. Vous montrerez aux musulmans que vous et les partis situés le plus à droite de l'échiquier politique acceptez leur présence dans l'Hexagone. Ainsi rassurés, ils se détourneront de l'islam radical.

— Mademoiselle, vous venez de déverser un flot de paroles bien pensantes, faciles et, pardonnez-moi de vous le dire, totalement vides. Ni la peur des pogroms ni le prétendu racisme des non-musulmans n'expliquent la progression fulgurante de l'islam rigoriste en France. En fait nous avons assisté à un revival islamique qui a balayé tous les pays du monde, même ceux où les fidèles de Mahomet sont majoritaires depuis des siècles. Ce repli religieux et ce refus de la modernité sont le contrecoup de la colonisation qui avait mis l'islam sur la défensive.

— Vos propos sont ambigus. Vous donnez l'impression de vouloir exclure tous les musulmans du peuple français.

— Mais non, nous nous ne les rejetons pas dans leur ensemble, bien au contraire ; ceux qui, comme vous, sont parfaitement intégrés, sont les bienvenus et nous les accueillons avec plaisir. Seulement, nous refusons les doctrinaires barbus, les sécessionnistes islamiques ; nous ne supportons plus leur haine et leur mépris de nos valeurs. Non seulement ils nous imposent leur mode de vie, mais en plus, ils voudraient que nous, les Français de souche, les financions. Leur attitude est inadmissible : nous sommes chez nous. S'ils veulent suivre leurs coutumes ancestrales qu'ils partent : la planète est vaste et les pays à majorité musulmane nombreux.

— Vous dérapez !

— J'exprime pourtant une vérité incontournable et mes convictions sont partagées par un grand nombre de nos compatriotes. L'unanimisme béat de votre mouvement le condamne dès le départ. À vos yeux, tout le monde est beau et gentil. Votre position est insoutenable sur le long terme. Organisez une manifestation condamnant l'intolérance des islamistes et j'y participerai. Choisissez clairement votre camp, mademoiselle : celui de la modernité ou celui du Moyen Âge obscurantiste !

— Vous ne raisonnez qu'en termes d'affrontement. Soyez plus ouvert !

— La confrontation est inéluctable puisqu'une grande partie de vos coreligionnaires rejette notre façon de vivre.

— Notre discussion tourne en rond. Pour moi la déflagration n'est pas inévitable. Il n'est pas trop tard pour agir.

— Hélas, il est trop tard depuis des années. Votre initiative est sympathique, malheureusement elle ne mènera nulle part. Désolé ! Ni moi ni, je pense, aucun de mes sympathisants ne nous joindrons à votre chaîne humaine.

Fatima raccrocha, découragée. Elle avait cru la dynamique de son action irrésistible au point qu'elle s'imposerait aux extrémistes, mais elle s'était trompée. Le chemin qu'elle avait emprunté serait long et semé d'embûches, peut-être n'aboutirait-il pas à un apaisement durable, peut-être menait-il à une impasse.

Assour, le cousin d'Ali Ben Aidiche, appela en début de soirée depuis le Maroc. Il avait enfin décroché un contrat de travail pour Ali et promit d'avancer l'argent du voyage.

Trois semaines en avril

Dès qu'il raccrocha, le jeune homme laissa exploser sa joie : il allait quitter ce ghetto prison où il végétait depuis sa naissance. Un demi-siècle après son ancêtre, il traverserait la Méditerranée dans l'autre sens et pour les mêmes motifs, trouver une vie meilleure.

Beaucoup de ses coreligionnaires seraient heureux de le suivre. Cependant, un exode massif des musulmans était impossible malgré ce que clamaient les extrémistes européens. La Tunisie était trop petite et mal remise de la révolution de Jasmin ; elle stagnait depuis trois décennies ; l'Algérie mal gérée et en proie à une démographie galopante était ravagée par le chômage ; le Maroc arrivait difficilement à décoller économiquement. Le Maghreb ne pouvait absorber ses enfants partis en Europe qu'au compte-gouttes.

Le samedi matin, Salah se rendit au Q. C. de Fatima. Elle avait loué en catastrophe un bureau délabré en se servant des fonds secrets que Xavier lui avait remis. Elle avait symboliquement choisi un emplacement situé dans la zone mixte qui séparait le quartier musulman du reste de la ville, à un kilomètre du gymnase qui servait de caserne aux hommes de Xavier.

— Puis-je parler à ta patronne ? demanda-t-il aimablement à Nadia qui tenait la permanence.

Ses espions lui avaient appris qu'il la trouverait à son Q. C. Nadia, qui connaissait de vue l'émir, hésita, avant de grommeler :

— Attends-moi ici !

Elle monta retrouver son amie qui travaillait à l'étage sur une interview écrite.

— Le grand méchant loup vient d'arriver. Je le renvoie ?

Fatima leva les yeux de son papier.

— Qu'est-ce que tu racontes ?

— Le pseudo-émir Salah El Assam nous fait l'honneur de se déplacer chez nous. Que dois-je faire de lui ?

— J'arrive !

Elle descendit à toute allure pour accueillir son visiteur, mais quand elle vit l'air ironique qu'il arborait, elle se douta qu'il ne venait pas lui proposer de participer à sa manifestation.

— Puis-je te parler seul à seule, ma sœur ?

Comme les jeunes femmes se consultaient du regard, il ajouta en ricanant :

— Ne crains rien, ma sœur ! Il n'y a aucune entourloupe ! Je ne cache pas de flingue et je n'ai aucune envie de t'égorger. D'ailleurs, si j'avais l'intention de te faire la misère, je l'aurais fait lorsque tu étais seule chez toi ! Pas là devant témoin !

Elle se rangea à ses raisons et l'invita à la suivre à l'étage. Elle lui proposa de s'asseoir sur une des deux chaises qui composaient, avec un tréteau de bois, le mobilier, mais il préféra rester debout, narquois, les bras croisés.

— Tu n'es qu'une marionnette que les mécréants manipulent à leur gré ! Je suis venu t'en apporter la preuve.

— Arrêtez de parler de mécréants ou d'infidèles, d'user de mots qui séparent les communautés. Il faut bâtir un monde nouveau, faire reculer la haine et l'incompréhension.

— Mes oreilles saignent en entendant tes âneries ! Les kouffars ne veulent pas de nous. Tout ce qui les intéresse, c'est qu'on soit docile comme des moutons. Pour qu'on ne remue pas trop, ils nous jouent de temps à autre la comédie de la fraternisation. Tu es tombée dans le panneau et, à cause de ta naïveté, un grand nombre de nos frères vont être piégés à leur tour. Nous n'avons rien de bon à espérer de la part des mécréants.

– Vous ne proposez que la guerre et la violence. Qui frappe avec l'épée périt par l'épée.

– Tu cites l'Évangile maintenant ? Et pas le saint Coran ? Tu me fais rire ! Qui n'a pas d'épée sera égorgé.

– Votre peur des autres vous fait délirer. Personne ne parle de nous exterminer. Allez au-devant des chrétiens. Discutez avec eux.

– Tu crois que Hitler n'aurait pas gazé les youpins s'ils lui avaient tenu le crachoir ? Tu es manipulée depuis le début, ma pauvre.

Il sortit une feuille pliée en quatre de sa poche.

– Regarde !

Comme elle hésitait, il ajouta :

– De quoi as-tu peur ? De la vérité ?

Elle prit le folio A4 qu'il lui tendait en tremblant, en proie à de mauvais pressentiments. Il contenait trois photos ; la première montrait son amant tenant par les épaules une fille blonde aux cheveux courts, les autres montraient l'écran d'un portable qui ressemblait à celui de Xavier. Elles permettaient de lire un SMS :

« Xavier, es-tu remis de ta visite chez ta tante ? Tu avais l'air vraiment furieux contre elle. Pour une fois que tu me présentais à ta famille, je suis mal tombée. Je compte pour toi, n'est-ce pas ? Sinon tu ne m'aurais pas emmenée avec toi, ni téléphoné tous les jours depuis que tu es parti pour Saint-Pierre. Je t'aime, tu sais. Si je n'étais pas entichée de toi, je t'aurais vite oublié et je n'aurais pas délibérément raté un partiel pour aller te retrouver en catastrophe à la gare de l'Est J'ai préféré t'envoyer un texto. Au téléphone ou quand tu es devant moi, je n'arrive pas à te parler. Tu m'intimides. »

Lorsqu'elle leva la tête, horrifiée, il la regardait, sardonique :

— Elle s'appelle Nicole Alfan. Je t'ai écrit en bas de la feuille son numéro de portable. Téléphone-lui pour t'expliquer avec elle. Tu verras que je ne t'embrouille pas ! C'est sa copine depuis longtemps. Toi, tu n'es que la fille de Saint-Pierre, celle qu'on saute quand on a une petite envie. Il te traite comme une pute parce que t'es arabe. Il ne ferait pas pareil avec une chrétienne.

Elle tremblait ; elle aurait voulu qu'il se taise, mais il continuait impitoyable :

— Tu singes les mécréantes. Tu t'imagines que, grâce à tes tenues, on te prend pour une kafir, mais tu n'es pour les infidèles qu'une débile facile à baratiner et à baiser. À leurs yeux, t'es qu'une domestique, rien de plus ! Il devait bien se marrer, ton Xavier. Il prend son petit plaisir, tu lui sers sur un plateau ta manifestation bidon et tu boostes sa carrière.

— Taisez-vous !

— Je t'ai affranchie à temps et tu vas réparer au centuple le mal que tu as fait. Puisque tu as accès aux télés et que tu es devenue une star, crie-leur la vérité, que les croyants ne peuvent pas s'entendre avec les kouffars, que ta marche pour débiles mentaux est une connerie sans nom et qu'Allah t'a montré le bon chemin.

Elle bondit vers l'escalier et dévala quatre à quatre les marches. Nadia l'interpella au passage :

— Qu'est-ce qui se passe ? Qu'est-ce qu'il t'a fait ?

Elle ne répondit pas et sortit en trombe. Interloquée, Nadia sortit sur ses talons en criant :

— Où vas-tu ? Un journaliste arrive dans cinq minutes pour t'interviewer. Reviens !

— Je m'en fous !

Trois semaines en avril

Elle disparut au coin de l'avenue. Nadia, stupéfaite, renonça à la poursuivre. Elle rentra dans le local. Salah El Assam venait de descendre à son tour. Il était rayonnant.

— Que lui as-tu fait, espèce de salaud ?

— Je lui ai fait découvrir la vérité.

— Dégage. Sors d'ici !

— Ne t'énerve pas. Tu es comme elle, une dupe des kouffars, pourtant toi aussi, tu reviendras à l'Islam.

— Déguerpis !

Il sortit, en sifflotant, persuadé d'avoir marqué un point décisif.

Fatima courut à perdre haleine jusqu'au gymnase qui servait de caserne aux militaires du 102 GR. Elle avait d'abord cru à une erreur, à une manipulation de l'islamiste, mais les filtres qu'elle avait brandis pour se protéger de la vérité étaient tombés les uns après les autres pendant sa course débridée. Elle se sentait trahie, détruite. Les paroles de sa mère, féroces, réalistes, revenaient en boucle dans son esprit : « Méfie-toi des hommes qui savent si bien mentir. » Elle avait foncé tête baissée dans le piège du séducteur. Elle avait cru en Xavier ; elle lui avait fait une confiance aveugle. L'idée qu'il puisse avoir une autre fille dans sa vie ne l'avait jamais effleurée. Elle arriva hors d'haleine devant le gymnase.

— Le capitaine Dubernard est-il là ? hurla-t-elle à l'adresse de la sentinelle.

S'il était absent, elle exigerait qu'il vienne la retrouver immédiatement.

— Oui. Il n'est pas encore parti.

— Menez-moi à lui, ordonna-t-elle.

Le soldat la conduisit à son chef de poste qui la guida à travers des couloirs aux peintures écaillées jusqu'à la porte d'un vestiaire aménagé en bureau pour le commandant de l'unité.

— Je vais le prévenir que vous êtes là.

Mais elle le bouscula et pénétra sans frapper dans la pièce. Xavier était en train d'écrire un rapport. Il leva les yeux et lui sourit.

— Bonjour Fatima.

Surpris par la lueur étrange, inquiétante qu'il lisait dans les yeux de son amie, il remercia le caporal accouru sur les talons de la jeune femme et lui demanda de les laisser. Son subordonné referma la porte derrière lui, visiblement intrigué. Elle était toujours sous le choc, incapable de s'exprimer. Il s'approcha d'elle et le dégoût la saisit :

— Ordure !

Elle lui tendit le papier qu'elle avait conservé à la main. Il le prit et, y jetant un coup d'œil, pâlit.

— Salopard, rugit-elle.

Il s'affola ; il ne supportait pas la haine qui se reflétait dans ses yeux verts, dans ce regard si essentiel pour lui. Décomposé, il s'éloigna d'elle et alla s'asseoir en titubant.

— Je suis… désolé, balbutia-t-il.

— Au moins, tu reconnais les faits, tu n'essayes pas de me raconter de nouvelles salades !

— Je serais bien mal placé pour nier quoi que ce soit, Fatima. Oui, je connais cette fille. Oui, j'ai couché avec elle. Mais je n'ai pas fait l'amour avec elle depuis que je te connais. Et je ne t'ai jamais raconté de mensonges, sauf par omission.

— Tu me prends pour une idiote en parlant d'omission ? Tu l'as vue pendant ton voyage à Paris, tu es allé avec elle chez ta tante. Tu lui téléphonais tous les jours et tu prétends que tu ne m'as pas menti ! Tu n'es vraiment qu'un sale type.

– Je ne l'ai pas appelée hier. Et puis non ! Je ne vais pas plaider ma cause. Je suis indéfendable. J'aurais dû t'en parler depuis le début. J'ai failli le faire à plusieurs reprises, mais je n'ai pas osé.

– Je suis la fille de Saint-Pierre, ricana-t-elle en paraphrasant l'émir, la doublure de la vraie, de celle qui compte vraiment, celle de Paris.

– Je vais rompre avec elle.

Elle haussa les épaules en soufflant pour marquer son mépris.

– Je t'aime, Fatima, essaya-t-il.

Une bouffée de colère envahit la jeune femme.

– Tais-toi ! lui enjoignit-elle.

– Je t'aime.

Il ne trouvait aucun autre moyen que cette phrase banale, usée pour exprimer la force de ses sentiments.

– Mais arrête !

– C'est toi que je choisis. C'est toi que j'aime. Toi et pas une autre. Si tu veux, j'appelle Nicole et je romps avec elle devant toi.

Jusqu'à ce qu'elle fasse irruption dans la pièce, il hésitait encore, le destin venait de trancher à sa place et il s'inclinait devant lui. Elle baissa les yeux et soupira :

– Tu lui téléphonais tous les jours.

Elle releva la tête et ils se regardèrent de nouveau comme ils l'avaient tant fait dans le passé. La magie ancienne opéra en partie et la colère de la jeune femme s'atténua.

– J'ai ma part de responsabilité, reconnut-elle. Je t'ai répété à chaque fois que tu ne me devais rien, que tu étais libre à mon égard.

– Je vais téléphoner à Nicole et lui dire devant toi que tout est fini entre nous, insista-t-il.

Il sortit son smartphone de sa poche, mais elle s'empara de sa main.

— Non. Ne fais pas cela !

Le contact avec son poignet réveilla le désir de Xavier. Il se leva et essaya de l'enlacer, mais elle se déroba.

— Laisse-moi !

Elle s'écarta. Une nouvelle fois, ils se parlèrent par l'intermédiaire de leurs yeux. Fatima baissa le regard, la première.

— Je t'aime !

— Tu es un vrai perroquet.

La sonnerie du téléphone de Xavier retentit.

— Capitaine Dubernard.

— Nadia Askraff à l'appareil. Pardonnez-moi de vous déranger. Fatima Ousselik a disparu après un entretien avec El Assam. Elle n'est pas chez elle et je suis très inquiète. J'ai trouvé votre numéro en fouillant son sac à main et je me suis permis de vous appeler.

Il la connaissait, ainsi que le rôle qu'elle jouait auprès de Fatima.

— Elle est dans mon bureau.

— J'aime mieux cela. Elle est calmée ? Elle peut revenir ? Un journaliste l'attend à la permanence.

— Dites-lui qu'elle est souffrante. Remplacez-la ou proposez Corinne Allowich comme interlocutrice.

— Et la manifestation ? Elle revient bientôt ?

— J'ignore ce qu'elle projette de faire. Où êtes-vous ?

— Chez elle. Elle avait laissé ses clés dans son sac et je me suis permis d'entrer dans son appartement.

— Rejoignez le siège de l'association et faites pour le mieux avec la presse. Je vous rappelle dès que j'en saurai plus sur ses intentions.

Trois semaines en avril

Il raccrocha. Fatima posa les yeux sur une vieille horloge murale ; l'heure tournait. Elle devait se rendre à son Q. C. pour mettre la dernière main à sa chaîne humaine ; pourtant l'idée d'affronter la foule, les journalistes, lui était insupportable. Elle n'avait qu'une envie, se réfugier chez elle et dormir ; elle était si lasse. Mais les visages de Mohamed, de Corinne, de Nadia lui revinrent à l'esprit. Elle n'avait pas le droit de les abandonner, de les trahir.

— Ne t'en fais pas, maugréa-t-elle. Je ferai ce qui était prévu.

Comme il allait parler, elle gronda :

— Ne me parle plus jamais de ta vie !

— Laisse-moi une chance, je t'en supplie !

Elle lui tourna le dos et sortit en claquant la porte derrière elle.

Chapitre 11

Lorsque Fatima fut de retour à son Q. C., elle lança à Nadia qui l'attendait inquiète sur le seuil :

— Mettons-nous au travail. Nous avons encore beaucoup de détails à examiner.

— Pourquoi es-tu partie ? Que t'a raconté ce connard d'émir ?

— Nous n'en parlons plus, d'accord ?

Nadia, voyant le regard abattu de son amie, n'osa pas insister et garda pour elle les questions qui lui brûlaient les lèvres. Elles rentrèrent à l'intérieur pour étudier les problèmes qui venaient d'apparaître et ceux qui n'étaient pas encore réglés.

Lorsque le gamin qui surveillait le local loué par Fatima lui rapporta les propos de la jeune enseignante, Salah El Assam tomba des nues, tant il était persuadé que l'institutrice renoncerait à la manifestation. Il fut pris d'une colère que son sentiment d'impuissance amplifia ; il n'avait prévu aucun plan de secours, son grand défaut étant de prendre ses désirs pour la réalité. En rage, il alla chercher Ben Aidiche. Comme on ne lui ouvrait pas assez vite à son gré, il tambourina avec violence sur le chambranle. La mère entrebâilla la porte.

— Ali dort. Laisse-le tranquille.

Trois semaines en avril

Ils s'étaient entraînés avec les armes de guerre fournies par Mamouni sur le terrain de sport du quartier. L'émir avait estimé nécessaire cette présentation du matériel pour ressouder ses troupes. Avant de retourner chez lui, Ali avait déchargé un camion pour le compte du supermarché qui l'employait ; il ne s'était couché qu'au petit matin.

— Va le chercher !

— Je te dis qu'il dort !

— Cours le réveiller avant que je ne me fâche !

La mère s'inclina de mauvais gré. Cet incident énerva El Assam ; la semaine dernière, cette femme n'aurait pas discuté ses ordres, mais son autorité se délitait depuis quelques jours. Il entraîna à l'extérieur Ben Aidiche malgré les lamentations de sa mère. Lorsqu'ils furent dans la rue, Salah gronda :

— Cette chaîne bidon ne doit pas se faire ! Ousselik est vraiment une débile incurable. Elle n'a pas changé d'avis, en dépit des preuves que je lui ai données de l'infidélité de son mec.

Ali, mal réveillé, remarqua aigrement :

— Il fallait arracher les affiches, interdire à nos frères et à nos sœurs de s'inscrire pour encadrer la manifestation, faire peur à Ousselik. T'as choisi de rien faire, maintenant, il est trop tard.

— Si Ousselik n'était pas aussi débile, nous ramassions la mise au centuple. Nous avions une pub d'enfer ! L'organisatrice qui se débine au dernier moment !

Ben Aidiche, qui n'avait jamais partagé l'optimisme de son chef, n'osa pas le contredire, mais conseilla :

— On s'est gouré, tant pis ! Laisse tomber ! Cette chaîne humaine ne va rien changer sur le fond. Les choses vont vite tourner à l'aigre et nos frères reviendront rapidement vers nous.

— Attends ! Tu as vu les manœuvres de ce pourri de Boug ? Si cela continue, il va convaincre une dizaine de *muslims* d'accepter des places sur sa liste ! Il ratisse large ! Alem va être éjecté au premier tour ! Il ne pourra pas se maintenir et cette crapule de Boug ne voudra jamais fusionner avec lui.

Dans le plan qu'il avait conçu, au lendemain des municipales, son candidat aurait négocié son soutien au maire sortant tandis que lui et ses hommes feraient une démonstration de force dans les rues. Il espérait obtenir, grâce à cette double pression, une forte augmentation des fonds destinés au ghetto, le contrôle exclusif de leur utilisation, la mise à disposition de l'école du quartier pour des cours coraniques les soirs et le week-end, la généralisation de la nourriture halal dans les cantines scolaires, des horaires réservés aux femmes à la piscine municipale et la ségrégation des sexes dans la ligne de bus qui desservait le quartier musulman. Le château de cartes qu'il avait patiemment construit vacillait sur ses bases.

— Mettons la pression sur les faux frères amis de Boug jusqu'à ce qu'ils changent d'avis, proposa Ben Aidiche.

— Tu parles ! J'ai déjà parlé avec plusieurs d'entre eux comme Achiff, l'éducateur des rues. Rien à faire pour les convaincre.

— Castagnons-les. Quand l'un aura reçu la dégelée qu'il mérite, les autres chieront de peur dans leur froc.

El Assam pesa le pour et contre. Il s'était refusé jusqu'alors à employer la force, par peur des représailles des mécréants qui pouvaient à tout moment interdire son candidat. Jouer la légalité ne lui rapportait plus rien et brutalement il prit une décision :

— On va liquider Ousselik.

Trois semaines en avril

La haine qu'il éprouvait envers Fatima, coupable de ne pas se comporter comme il l'avait imaginé, faussait son jugement.

— Tu déconnes là.

— Tabasser les contacts de Boug ne suffira pas. Nous risquerions surtout de perdre des voix parmi nos frères, qui n'apprécieront pas nos méthodes trop musclées. Non quitte à s'énerver, il faut le faire à fond et frapper à la tête. Ousselik est une renégate et une pute ! Je lui ai donné sa chance, cependant elle continue à trahir l'Islam.

— J'ai faim, grogna Ali.

Il traversa la rue et entra dans une boulangerie. Puisant dans ses maigres réserves financières, il s'acheta un petit pain au chocolat qu'il engloutit en deux bouchées rageuses. Il n'avait plus besoin de compter et de se priver désormais, bientôt, il partirait pour le Rif. Il revint affronter son chef.

— Nous allons liquider Ousselik au milieu de sa chaîne bidon et devant les caméras, lui annonça l'émir. Nous aurons une pub d'enfer ! On nous connaîtra partout en France !

— Ne t'emballe pas ! Les giaours vont devenir féroces si tu fais cela !

— Et alors ? Tu as les jetons ? Tu crains ces connards ? On leur foutra une raclée qu'ils n'oublieront pas de sitôt !

— Comment élimineras-tu cette fille ? Ils ont dû prendre beaucoup de précautions !

— T'inquiète. Comme on est sage comme des images, je suis sûr qu'ils n'ont rien prévu contre nous.

— On ne monte pas un truc de ce genre en quelques minutes !

— Arrête de gémir comme une femme ! Nous avons plus de deux heures devant nous pour tout mettre au point. C'est largement suffisant. Allez ! Bats le rappel des frères !

Trois semaines en avril

Rendez-vous dans une demi-heure à notre local. Je vais rédiger pendant ce temps la fatwa qui condamne cette traînée !

Ben Aidiche soupira, tout en se soumettant. Son chef n'était plus d'humeur à supporter la contestation et il n'avait pas assez confiance en lui pour se révolter ouvertement. De plus, il se sentait désormais étranger à la cause qui avait été si longtemps sienne, son esprit étant déjà au Maroc.

Devant les fidèles que Ben Aidiche avait pu rameuter, l'émir lut, rageur, le texte qu'il venait de composer :

— « Fatima Ousselik est une putain qui couche avec un kafir et sert de paillasson aux mécréants. Elle a reçu deux avertissements lui ordonnant de se convertir. Elle persiste dans ses erreurs. Elle a apostasié. Le tribunal islamique la condamne à mort. Le devoir de tout bon musulman est de l'exécuter. »

Ses hommes étaient abasourdis. Son virage à cent quatre-vingts degrés, sa brusque violence les prenaient de court. Jusqu'alors aucun mot d'ordre hostile au mouvement de Fatima n'avait été prononcé par El Assam. Salah psalmodia des versets du Coran et conclut en brandissant le poing vers le ciel :

— Mes frères, le châtiment de cette traînée marquera le début du djihad armé en France, mort aux mécréants ! Allah Akbar !

L'assistance lui répondit en écho :

— Allah Akbar !

L'émir promena son regard sur ses hommes et choisit trois adolescents :

— Amou Ben Hamar, Medhi Karka, Habib Oulef, venez avec moi.

Les trois jeunes qu'il avait désignés étaient encore des enfants. Ils fendirent la foule sous le regard envieux de leurs camarades. L'émir les entraîna dans son bureau et leur expliqua :

— Vous serez les messagers d'Allah. Vu votre petite taille, vous arriverez à vous faufiler partout et grâce à vous, Ousselik paiera de son sang son apostasie. Un seul risquerait d'échouer, mais à trois, vous réussirez, d'autant plus que nous ferons diversion.

Il donna à chacun un poignard de combat suffisamment petit pour être caché dans une manche.

— Frappez à la gorge, comme vous l'avez appris à l'entraînement.

Il distribua également des petites bouteilles remplies d'un liquide incolore.

— Ce mélange brûle dès qu'on approche une flamme. Vous arroserez Ousselik avec et vous y foutrez le feu. N'oubliez pas de prendre des briquets.

Ali Ben Aidiche écoutait, le visage fermé, son chef donner ses instructions. Il pensait qu'El Assam allait dans le mur, pourtant il était incapable de le lui dire et il n'essaierait pas d'arrêter la machine devenue folle.

Xavier n'avait pas obtenu de ses supérieurs qu'ils envoient des renforts en nombre suffisant à Saint-Pierre. Un demi-millier de militaires et de policiers avaient rejoint la ville où ils ne pourraient assurer qu'une sécurité minimale. La manifestation était à la merci d'un attentat, mais Paris n'avait pas donné suite aux mises en garde répétées de Xavier. Une réunion d'état-major à laquelle Dubernard avait été naturellement convié avait déployé les unités dont on disposait le long du parcours de la chaîne humaine tout en constituant de petites réserves motorisées prêtes à intervenir au cas où les événements déraperaient. Comme Vace et ses partisans avaient refusé de se joindre à la manifestation, le préfet avait insisté pour qu'on quadrillât le quartier des *petits Blancs* en délaissant son homologue musulman où seuls quelques observateurs seraient présents. Les forces de sécurité n'avaient pas les moyens de contrôler les deux.

Xavier commanderait la partie centrale du dispositif militaire, la plus importante. On avait confié les deux autres secteurs à des officiers expérimentés tandis que le préfet supervisait le tout depuis la mairie. On avait alloué à Xavier un camion aménagé pour lui servir de quartier général mobile. Pour l'instant, son poste de commandement était rangé dans une rue adjacente au mail des Ormes, une avenue aux arbres moribonds qui serait le centre la chaîne humaine.

La manifestation était un succès et la foule était au rendez-vous. Dans le ghetto, beaucoup de femmes musulmanes, certaines voilées ou en niqab, d'autres vêtues à l'européenne, se pressaient dans les rues. Souvent, elles avaient emmené avec elles leurs enfants, mais les hommes étaient en minorité dans le quartier musulman. Si les habitants du centre-ville et de la périphérie s'étaient également déplacés en nombre, les *petits Blancs* étaient restés chez eux. On se bousculait le long du passage de la chaîne. Les bénévoles, recrutés à la hâte par Fatima et Nadia, n'arrivaient pas à canaliser les manifestants. Le désordre était général sauf sur le mail des Ormes là où étaient concentrées les caméras. Fatima et Corinne devaient joindre symboliquement leurs mains au centre de l'avenue

Fatima était sombre ; son visage était fermé et elle répondait à peine aux questions qu'on lui posait. Corinne lui avait demandé à deux reprises ce qui n'allait pas, mais son amie l'avait rabrouée ; depuis cette réprimande, la sœur de Nicolas n'osait plus revenir à la charge. Fatima attendait, meurtrie, que son calvaire se terminât. Elle avait hâte de rentrer chez elle, de retrouver l'anonymat. La parenthèse allait se refermer. La manifestation terminée, elle ne ferait plus rien pour le mouvement qu'elle avait créé. L'école recommençait le surlendemain. Lundi, elle reprendrait le cours monotone de sa vie solitaire ; elle ferait tout pour oublier que pendant trois semaines du mois d'avril, pendant un bref printemps, elle avait été une autre femme, qu'elle avait aimé un homme. Même le temps qui depuis la mort de Mohamed était resté beau se dégradait comme pour signifier que la récréation était terminée.

Elle s'efforçait de dompter sa colère contre Xavier. Elle lui avait répété qu'il ne lui devait rien et il l'avait prise au mot. Pourquoi lui en vouloir ? Il ne l'avait pas trahie. Il ne lui avait rien promis. Leur histoire s'achevait brutalement, mais elle était condamnée depuis le départ. Ils appartenaient à des mondes trop différents pour être durablement réunis. Elle essayait de refouler sa souffrance, de la nier en aseptisant ses sentiments, tout en comprenant que la douleur était le prix à payer pour le plaisir qu'elle avait éprouvé. La facture était trop lourde et, effrayée, elle reconstituait hâtivement la coquille qui l'avait préservée de la vie jusqu'à sa rencontre avec Xavier.

À treize heures quarante-cinq lorsque mourut le générique du tunnel de publicité qui suivait le journal télévisé de la première chaîne, deux jeunes femmes brunes apparurent à l'écran. Se tenant la main, elles élevèrent leur paume libre vers le ciel gris et pluvieux avant qu'une caméra installée dans un hélicoptère ne montre la chaîne humaine qui s'était dans la confusion mise en place. Elle reliait la grande place où était mort Mohamed au garage en ruine qui avait abrité les derniers instants de Nicolas Allowich. C'était un étrange serpent qui se tortillait le long des avenues de Saint-Pierre, traversait des chaussées défoncées que la municipalité n'avait plus les moyens de réparer, longeait des murs tagués que personne ne songeait à nettoyer, frôlait des arbres souffreteux que les jardiniers n'élaguaient plus depuis longtemps. Ceux qui se tenaient la main, étaient las et résignés. Ils n'espéraient pas grand-chose, juste que leur vie difficile ne s'aggrave plus, et ils refusaient la guerre civile qui menaçait. Ils se souvenaient avec nostalgie de l'époque d'avant le grand confinement, d'un monde que le temps et l'éloignement avaient idéalisé, d'un âge d'or fantasmé, où l'abondance régnait et où les jours coulaient heureux. Ils savaient avec amertume que cette période bénie ne reviendrait jamais, mais ils espéraient néanmoins arrêter la dégringolade de leur pays.

Des enfants lâchèrent des ballons dont les caméras suivirent la lente montée vers le ciel avant de revenir sur Fatima et Corinne. Alors, seulement, le présentateur parla. Les organisatrices avaient imposé que la manifestation soit accompagnée d'un minimum de paroles : elles estimaient que les mots affaiblissaient une cause lorsqu'ils n'étaient pas à la hauteur de l'enjeu.

Xavier avait installé un ordinateur portable, dont il avait coupé le son, pour suivre l'émission. Il y jetait de fréquents coups d'œil tout en communiquant avec ses subordonnés. Lorsque la caméra fit un zoom sur son amie, il remarqua combien son visage était pâle et marqué.

— Je t'aime Fatima, chuchota-t-il pour lui-même.

Il était trop tard : il l'avait perdue. Il entendit soudain une voix annoncer dans ses écouteurs.

Trois semaines en avril

— Des intégristes attaquent les manifestants à coups de pierres dans le secteur B6 aux cris de « Trahison ! Émirat islamique ».

Xavier ordonna aussitôt à la squelettique réserve mobile qu'il contrôlait de converger par les rues parallèles vers l'endroit de l'incident.

— Début de panique dans le secteur B6, l'informa l'un de ses subalternes.

Sur l'écran de la télévision, on vit depuis l'hélicoptère la foule paniquée courir dans tous les sens avant que l'image ne revînt sur les deux organisatrices de la manifestation. Un gamin jaillit devant la caméra un poignard à la main avant de disparaître. Xavier s'aperçut alors que le chemisier de Fatima était inondé de sang, que son amie était touchée à la gorge

— Merde ! jura-t-il.

Il donna aussitôt ses ordres :

— Attentat contre Fatima Ousselik, elle est blessée. Intervention immédiate des secours.

En même temps qu'il parlait, il assista impuissant à la suite du drame. Fatima s'effondra sur le sol. Un deuxième assaillant surgit, jeta sur elle le contenu d'une fiole et lança de son autre main un briquet allumé. L'écran devint noir. Paris réagissait devant l'insoutenable violence de la scène.

Fou d'angoisse, Xavier réfréna l'absurde envie de se précipiter au chevet de son amante. Il devait rester à son poste et coordonner au mieux les actions des forces de l'ordre. Le sergent Valty qui commandait le chétif dispositif déployé dans le secteur B6, le contacta en émettant un signal d'urgence absolue :

— Nous sommes débordés par les islamistes en dépit des jets de grenades lacrymogènes et des tirs de balles en caoutchouc. Les manifestants sont en danger. Je demande l'autorisation de tirer à balles réelles.

Le sous-officier appartenait au régiment de Xavier. En dépit du peu de temps que Dubernard avait passé à la tête du 102 GR, il avait pu apprécier les qualités de Valty et il se fiait au jugement de son subalterne.

— Accordé, répondit-il sans hésiter.

Il entendit, atténué par ses écouteurs, un bruit sourd de fusillade.

— Ils refluent, lui apprit le sergent Valty. Nous avons visé au-dessus des têtes. Aucun blessé à déplorer chez les assaillants.

Une image sous-titrée par un bandeau annonçant l'attentat revint sur l'écran de la télé. Un journaliste parlait depuis le studio de la chaîne. Une voix retentit aux oreilles de Xavier :

— Secteur A1, les secouristes n'arrivent pas à s'approcher du lieu du drame tant la foule est compacte. Des manifestants brandissent le corps de Fatima Ousselik au-dessus des têtes en hurlant des slogans vengeurs.

Le sergent Valty prit la parole à la suite.

— Les islamistes s'enfuient en direction du quartier musulman.

— Combien sont-ils ?

— Une cinquantaine. Quelles sont vos instructions ?

— Ne les poursuivez pas ! Continuez à protéger les participants à la chaîne humaine.

L'écran de la télévision montrait de nouveau le mail des Ormes depuis l'hélicoptère. La panique avait cessé, mais la foule était encore agitée.

— Préfet Hautman en ligne lui annonça une voix dans son casque. Comment se présente la situation de votre côté ?

Trois semaines en avril

— Attentat probablement meurtrier contre Fatima Ousselik. Son cadavre serait exhibé par des manifestants rendus furieux par l'attentat. De violentes émeutes sont à prévoir dans le quartier musulman et j'estime ne pas avoir assez d'effectifs à ma disposition pour y faire face. Je conseille l'instauration du niveau cinq de la loi martiale et je demande l'envoi de renforts.

— Je vais joindre l'Intérieur, répondit le préfet qui coupa aussitôt.

La situation sur le mail des Ormes se stabilisait. Un collaborateur du préfet prévint Xavier que le plan vert entrait en application et lui demanda de relayer l'information. Dubernard obtempéra :

— Plan vert, ordre d'arrestation de Salah El Assam et de ses complices, martela-t-il à l'intention de ses subordonnés. Autorisation de tirer à balles réelles en cas de résistance ; couvre-feu sur tout le territoire de Saint-Pierre ; dispersion immédiate de tout rassemblement sauf celui qui porte le corps de Fatima Ousselik ; il est, pour l'instant, toléré.

Il n'avait pas le choix. Il n'allait pas disperser ses forces en affrontant les manifestants qui exhibaient le cadavre de son amie. La lutte contre les islamistes primait et il devait en priorité déployer ses hommes selon les dispositions du plan vert. Celui-ci avait été conçu pour prendre rapidement le contrôle du quartier musulman. Avant la manifestation, Xavier avait, par prudence, mis en réserve une jeep munie d'un haut-parleur. Il lui ordonna de parcourir les rues du ghetto en martelant : « La loi martiale a été proclamée. Restez chez vous. Aucun rassemblement n'est autorisé. »

Dubernard fut tellement marqué par les heures qui suivirent l'attentat qu'il les revécut maintes fois par la suite dans ses cauchemars ; il n'arriva jamais à les aseptiser, à les dépasser, à les normaliser. Tout en coordonnant les mouvements de ses unités, il était tendu à l'extrême, prêt à réagir au moindre incident. Ses hommes investissaient peu à peu le ghetto sans rencontrer au départ de résistance. Les armes de guerre des fondamentalistes semblaient être restées dans leur cachette puisqu'ils ne les avaient pas utilisés lors de leur confrontation avec les hommes de Valty et Xavier estima en première analyse qu'il leur faudrait du temps pour les récupérer. Néanmoins, la situation restait précaire et l'émeute menaçante.

Un groupe d'une centaine de manifestants, exhibant le corps de Fatima comme un sinistre trophée, remontait le mail des Ormes en direction de la place du marché. Un slogan avait fini par s'imposer, scandé sur un ton lugubre par la petite foule.

— Ils ont tué Fatima, ils ne tueront pas la paix.

À contrecœur, Dubernard modifia son dispositif pour faciliter le passage du cortège. Il n'avait pas de meilleur allié pour contrer les islamistes, même s'il se dégoûtait d'user d'une telle arme. Le préfet le rappela brièvement : tous les escadrons militaires ou policiers de la région convergeaient vers Saint-Pierre et le ministre de l'Intérieur venait d'instaurer l'état d'urgence maximal. En attendant l'arrivée des renforts, Dubernard devait faire pour le mieux et éviter que la situation ne se dégradât trop.

Les quelques unités dont il disposait allaient jouer une partie délicate dont l'enjeu était national. Si les insurgés parvenaient à se barricader dans leur territoire, s'ils arrivaient à sortir de leur cachette les fusils-mitrailleurs et les grenades qu'ils possédaient, si les soldats ne pouvaient en venir à bout qu'au prix de violents combats, l'émir triompherait ; il serait un modèle pour ses coreligionnaires, un brandon de guerre civile. Il suffisait de peu de choses pour que la situation évolue dans un sens ou un autre. Xavier devrait à chaque fois faire le bon choix. Il n'avait aucun droit à l'erreur et il était terrifié à l'idée de se tromper.

Malgré le poids qui pesait sur ses épaules, des images de son amante lui revenaient à l'esprit avant de s'évanouir, chassées par la tension et les décisions à prendre. Il la revit l'écouter alors qu'il lui racontait sa visite à sa tante. Il la revit traverser la rue au risque de se faire écraser, lors de leur premier rendez-vous. Il la revit haletante de désir et de soumission. Pendant quelques fractions de seconde, il sentit l'odeur de son corps, la douceur de sa peau, avant que ces sensations ne s'effacent et ne disparaissent à jamais dans la nuit. Plus tard, malgré ses efforts, il n'arriva plus à la faire revivre dans son esprit. Un voile épais et impénétrable obscurcissait sa mémoire. C'était comme si son cerveau s'était déchargé pendant la demi-heure qui avait suivi l'attentat des images de Fatima et qu'il n'avait plus aucun souvenir de son amante.

Le camion qui servait de Q. G. à Xavier se déplaça à mesure que ses unités se déployaient selon les dispositions du plan vert. Il finit par arriver sur la grande place du marché, là où était mort Mohamed. Sa nouvelle position était, d'un point de vue logistique, idéale, située au cœur du quartier musulman. Le petit groupe qui escortait le corps de Fatma l'avait précédé et Nadia, juchée sur un banc, le haranguait avec hargne. Il était temps que ce rassemblement se termine. Xavier l'avait toléré jusqu'à présent pour éviter les heurts, parce que ces manifestants étaient trop en colère pour rentrer immédiatement chez eux. Ils avaient besoin d'un moment de deuil et de décompression, mais maintenant il devait les persuader de se disperser dans le calme. Dans ce but, Xavier demanda à sa voiture haut-parleur de le rejoindre et de tourner autour du meeting en répétant en boucle : « Rentrez chez vous. Ne restez pas dans la rue ! C'est trop dangereux ! »

Malheureusement, au rebours de ce qu'il attendait, cette injonction n'eut aucun effet et le cortège ne se disloqua pas. Au contraire, Nadia entraîna ses partisans en direction de la jeep ; ils la cernèrent, l'obligeant à s'arrêter. Préoccupé, Xavier descendit de son camion pour aller raisonner les manifestants.

— Mlle Askraff, je vous en prie, conseillez à vos amis de retourner chez eux, commanda-t-il d'un ton sec. Il est plus que temps de vous disperser.

— Capitaine, laissez-nous votre véhicule, rétorqua, hystérique, Nadia.

— Il n'en est pas question

— Donnez-le nous ! De toute façon, nous nous en emparons de force si vous refusez.

Une petite foule furieuse et difficilement contrôlable encerclait la voiture haut-parleur. Dubernard pesa le pour et le contre et choisit de céder, par peur que le conducteur de la jeep ne fût pris à partie. Pour le dégager, il aurait dû enjoindre aux quelques soldats présents sur la place du marché de faire usage de leurs armes ; le risque qu'ils blessent ou tuent des manifestants était trop grand pour qu'il le prît.

— Chauffeur, quittez votre véhicule, finit-il par ordonner.

—Ahmed, mets-toi au volant, cria Nadia, d'une voix suraiguë.

Tout en gardant un œil sur ce qui se passait, Xavier retourna à son poste qu'il ne pouvait abandonner trop longtemps ; la tension montait inexorablement ; des petits groupes hostiles se formaient dans le ghetto et des altercations éclataient sans dépasser pour l'instant le stade des insultes. Lorsque Dubernard vit qu'on hissait le cadavre à l'arrière du véhicule haut-parleur, il délaissa de nouveau son Q. G. et courut sermonner Nadia.

— Arrêtez immédiatement cette profanation, cria-t-il horrifié.

— Je veux que les habitants se rendent compte de la barbarie d'El Assam.

— Respectez Fatima, je vous en supplie. Ne l'exhibez pas de la sorte.

Mais la jeune femme lui tourna le dos sans répondre. Xavier regarda, hésitant, les trois soldats qu'il avait à sa disposition immédiate. Il caressa l'idée de reprendre de force le cadavre de son amie, avant d'y renoncer. Il n'était pas sûr d'y arriver et il n'avait pas le droit de compromettre la sécurité de son Q. G.

Épouvanté, il retourna à son poste de commandement. Fatima reposait sur le siège arrière gauche de la voiture, la tête posée sur le haut-parleur. Son visage était intact. Elle avait les yeux grands ouverts. Son chemisier était imbibé de sang et le bas de ses habits noircis par les flammes. Le véhicule démarra sur les chapeaux de roues et la voix de Nadia amplifiée par le mégaphone hurla un sinistre leitmotiv :

— Ils ont massacré Fatima alors qu'elle ne désirait que la paix. Ne laissez pas ces salauds imposer leur loi.

Xavier hésita encore quelques instants avant de résigner à l'inconcevable. Écœuré, il lança un appel en direction de ses subordonnés :

— Laissez passer sans intervenir la jeep sur laquelle est posé le corps de Fatima Ousselik.

Trois semaines en avril

Il était désespéré, en proie à un dégoût profond. Il se servait de Fatima, par-delà sa mort, et il se dit que jamais il ne se pardonnerait cette infamie.

Salah El Assam s'énervait. Les soldats avaient réagi plus rapidement qu'il ne l'escomptait et, par prudence, il s'était réfugié avec une poignée de fidèles dans la cave d'un grand immeuble, sans avoir pu récupérer au préalable ses armes. Depuis sa cache, il essayait de mettre au point une contre-attaque tout en enrageant de n'avoir pour l'instant que des couteaux à sa disposition. Mais avant de lancer sa diversion, il avait préféré jouer profil bas en dépit du déploiement squelettique des forces de sécurité dans le ghetto. En fait, il n'avait qu'une confiance limitée en ses hommes ; il avait eu peur qu'en distribuant trop tôt des revolvers à ses partisans, ceux-ci ne se fussent tentés de s'en servir et qu'ils ne donnent prématurément l'alarme. En n'armant pas à temps ses troupes, il avait commis une monumentale erreur d'appréciation qu'il payait cher.

— Dès que nous aurons les fumants, nous attaquerons un groupe isolé et nous les butterons tous, fulmina-t-il. Les giaours auront les jetons, ils évacueront notre territoire.

— Et comment récupérera-t-on les kalas ? grommela Ben Aidiche. Leurs barrages sont peu nombreux, mais ils sont bien placés. Si on se déplace en groupe, les kouffars nous repéreront avec leurs drones et nous arrêteront. Nous devrons chercher un à un les sulfateuses, devant leur nez. Chaque frère isolé qui brandira une kala risque d'être aussitôt descendu !

— Cesse de faire ta pleureuse ! Nous allons faire exploser le check-point le plus gênant, celui qui se situe en face de notre cachette. Les gamins vont l'attaquer. Les mécréants retiendront leurs coups face à des mioches et sous la pression ils détaleront comme des lapins et évacueront le barrage. Après, nous tenterons une sortie en groupe.

Il s'adressa à un adolescent qui écoutait en silence.

— Mahmoud ! Rameute tes copains en prenant des petits avec toi. Dès qu'ils peuvent marcher, c'est bon, tu les emmènes. Attaquez le poste en face de la mairie annexe. Harcelez les kouffars ! Traitez-les de tous les noms ! Essayez d'arracher leurs armes. Faites-leur perdre patience. Il faut qu'ils vous frappent ou mieux qu'ils vous tirent dessus avec des balles en caoutchouc. Dès que vous aurez un blessé même minime, exhibez-le partout ! Faites avec lui le tour du quartier. Puis revenez à la charge avec des renforts jusqu'à ce qu'ils soient submergés. Chassez-les de leur position. Chargez la barque ! Coupez-vous et répandez votre sang sur vos vêtements. Va ! Je te fais confiance.

Mahmoud sortit les yeux brillants.

— Quand ils feront du mal aux mômes, nos frères basculeront de notre côté ! grinça El Assam. Ils mettront même le cadavre d'Ousselik en morceaux.

L'initiative de Nadia le mettait en fureur. Le monde lui semblait soudain étrange et hostile. La veille, il croyait régner sans partage sur le ghetto, alors que celui-ci en fait lui échappait. Pourquoi les croyants étaient-ils dupes de la si grossière propagande kafir ? Comment pouvaient-ils être aussi stupides ?

Mahmoud réussit à rallier une poignée de camarades à qui il ordonna de bourrer leurs poches de projectiles et de pétards.

— On va s'approcher des mécréants, mais ne jetez rien avant que je ne vous le dise !

Ils s'avancèrent sur une seule ligne vers les barbelés disposés à la hâte devant la mairie annexe. Le sergent parachutiste qui commandait le poste les interpella, méfiant.

— Rentrez chez vous, les mômes ! C'est dangereux de traîner dans les rues.

Mahmoud et ses camarades firent semblant de ne pas avoir entendu et continuèrent à s'avancer :

— Demi-tour ! gronda le sous-officier.

Personne n'obtempéra.

— J'ai un renseignement à vous demander, cria Mahmoud.

— Ne bouge plus ! Pose ta question d'où tu es. Je te répondrai.

En même temps, il donna d'un signe de la main l'ordre de sortir les matraques. Les gamins firent une courte pause avant de se rapprocher à nouveau.

— Retournez en arrière, ordonna en vain le sergent.

Mahmoud sortit soudain une pierre de sa poche et la lança de toutes ses forces. Elle rebondit sur le casque du sous-officier. Ses camarades l'imitèrent avec retard.

— Émirat islamique, braillèrent-ils en jetant leurs projectiles.

Ils furent arrosés par un camion motopompe venu à la rescousse des soldats. Suffoqués, ils refluèrent. Ils se regroupèrent à quelques pas en arrière, mouillés et en colère. Mahmoud se souvint alors des conseils de l'émir. Il prit son canif et s'entailla le front. Il étala le sang sur sa figure, se composant un masque rouge effrayant. Il se mit à courir en hurlant :

— Au secours, frères ! Les kouffars s'en prennent aux petits.

Il parcourut le quartier en courant, montrant partout son visage ensanglanté.

Trois semaines en avril

— Ces chiens de mécréants m'ont tabassé en me traitant de sale Arabe, répéta-t-il à qui voulait bien l'entendre.

L'indignation gagna une partie de ses auditeurs. De petits groupes déchaînés convergèrent vers la mairie annexe. Bientôt, le poste qui la protégeait fut assailli par une horde en furie qui bombardait les parachutistes de pierres, de boulons et de boules de pétanque, obligeant le canon à eau à intervenir à nouveau. Après avoir longtemps menacé, l'orage éclatait.

Alors que les échauffourées se multipliaient, Xavier fut contacté par le commissariat central :

— Une fille vient de nous téléphoner, expliqua le policier. Elle propose de nous guider vers l'endroit où, selon elle, se cacherait l'émir. Elle nous attend devant le petit centre commercial de l'avenue Léon-Blum.

— C'est noté.

Dubernard était perplexe : cet appel cachait-il un piège ? Il décida, malgré tout, d'envoyer une vingtaine de soldats à la rencontre de la jeune fille. Il prenait un risque, en se privant momentanément d'une partie de ses maigres forces. À l'endroit indiqué, la patrouille commandée par le lieutenant Valleys fut interpellée par une adolescente voilée et vêtue d'une longue robe noire

— Venez vite, hurla-t-elle. El Assam se trouve dans une cave de l'immeuble situé en face. Je vous conduis jusqu'à lui.

— Comment connaissez-vous sa cachette ? interrogea, méfiant, Valleys.

— C'est mon immeuble, mon frère et moi les avons vus entrer depuis notre fenêtre. Mon frangin est parti les rejoindre et je l'ai suivi. On y va ? Vous ferez attention à mon frère, promis ? Je vous le montrerai pour que vous ne tiriez pas sur lui.

Elle était agitée, paniquée. Elle sautillait sur place.

— Pourquoi nous aidez-vous ?

L'officier était dubitatif. Ce renseignement miraculeux lui paraissait suspect.

— Eh ! Pour que vous alpaguiez ce salaud d'El Assam. Venez ! Ne perdez plus de temps. Il peut partir à tout moment, il y a une seconde sortie à l'arrière.

— Attendez ! Je consulte mon supérieur.

Quand son subordonné lui eut expliqué la situation, Xavier hésita :

— Jugez-vous que cette fille soit fiable ?

— Difficile de le dire, mon capitaine, néanmoins son récit est crédible.

— Allez-y alors, mais prenez le maximum de précautions ; repliez-vous au moindre doute. Et surtout, évitez les martyrs inutiles. Ne tirez qu'en dernier recours.

Valleys déploya au mieux ses hommes et pénétra dans le sous-sol de l'immeuble. Il avait peur de tomber dans un guet-apens, peur de la jeune fille nerveuse qui les pilotait et qui ne cessait de les supplier de faire attention à son frère, peur qu'elle ne fît une crise d'hystérie au moment décisif, peur qu'elle ne fût en fait complice des intégristes. Valleys sentait qu'il ne récolterait aucun laurier de cet engagement, juste un blâme, car il aurait pris une décision jugée inadéquate à l'instant crucial et provoqué ce que ses supérieurs appelleraient une bavure. Soudain, l'adolescente s'arrêta.

— Ils étaient tout à l'heure dans le local du fond, chuchota-t-elle, ne tirez pas. Je vous en supplie. Mon frère et ses copains ne savent pas ce qu'ils font. Ils sont embobinés par El Assam.

— Retournez en arrière et ne bougez sous aucun prétexte !

L'officier leva la main pour arrêter son groupe. D'un geste, il répartit ses hommes de part et d'autre de la porte de métal qui était fermée. Il s'inquiétait du bruit que faisaient les soldats : si les islamistes étaient toujours présents, ils avaient dû les entendre. Et s'ils avaient des armes avec eux, c'était un carnage assuré vu l'étroitesse des lieux. Il désigna de la main deux militaires et leur montra les grenades assourdissantes et fumigènes. Il s'approcha sur le côté, posa son oreille sur la serrure en demandant d'un geste à ses hommes de faire silence. Il eut l'impression de percevoir un chuchotement et abaissa prudemment la poignée, mais la porte était cadenassée. Il fallait la faire sauter. L'artificier s'approcha, sortit un pain d'explosif. Il estima en quelques secondes la quantité nécessaire pour éliminer l'obstacle sans provoquer de dégâts collatéraux. Il enclencha le détonateur et se recroquevilla dans un coin. Seuls ceux qui étaient chargés de lancer les grenades étaient debout au milieu du couloir. Mais leur guide, échappant à la surveillance des soldats surgit soudain :

— Ne tirez pas, je vous en supplie, hurla-t-elle une nouvelle fois.

Valleys comprit en une fraction de seconde que tout dérapait. Il bondit pour plaquer l'adolescente au sol, mais elle se dégagea et atteignit d'un saut la porte de la cave. La charge explosa et l'officier fut éclaboussé de sang. Horrifié, il prit conscience que le bras de la jeune fille avait été arraché par le souffle de la déflagration. Les voltigeurs envoyèrent leurs grenades qui se fragmentèrent en libérant une fumée noire et âcre tandis que Valleys qui s'était relevé surveillait la sortie des rebelles, le doigt sur la détente de son pistolet-mitrailleur. Si les insurgés étaient armés, il n'éviterait pas les pertes de part et d'autre. Au bout d'un moment qui sembla durer une éternité à l'officier, des silhouettes surgirent en toussotant de la cave et elles se laissèrent appréhender les unes après les autres en opposant une faible résistance qui n'occasionna que quelques égratignures dues aux couteaux.

Valleys s'assura d'abord que la cave était vide avant de s'inquiéter du sort de l'adolescente. Un de ses hommes lui prodiguait les premiers secours. Elle était encore en vie même si elle était grièvement blessée. Égoïstement, il se dit qu'il avait limité la casse et que son supérieur serait content. Les fondamentalistes n'auraient pas leurs martyrs.

Corinne rentra chez sa mère après avoir longtemps erré dans les rues de la ville. Elle avait vu Fatima brusquement s'effondrer sur la chaussée avant que des flammes rapidement éteintes n'embrasent le bas de ses vêtements. Corinne s'était précipitée vers son amie, mais elle avait été séparée d'elle par la foule. En état de choc, elle avait vu le cadavre soulevé au-dessus des têtes s'éloigner d'elle. Elle avait essayé de suivre le cortège, malheureusement elle avait été bloquée par les manifestants qui s'enfuyaient dans tous les sens et avait perdu de vue le corps de Fatima. Quand elle avait réussi à s'extraire de la cohue, elle s'était d'abord rendue au cimetière, avant de faire demi-tour, à peine arrivée, devant la tombe de son frère. Elle avait ensuite erré sans but dans la ville, l'esprit vide. De temps à autre, elle avait une pensée pour sa mère. Elle avait dû suivre la manifestation sur son poste de télévision et devait s'angoisser à son sujet, néanmoins Corinne garda son téléphone éteint et ne l'appela pas.

Quand la nuit tomba, elle regagna pourtant son logement dans son sinistre et minable immeuble. On avait retiré le crêpe noir posé sur l'auvent de l'entrée et la pièce consacrée à la mémoire de Nicolas avait été vidée. Elle monta l'escalier en faisant claquer les talons de ses chaussures sur le carrelage. Sa mère ouvrit la porte alors qu'elle mettait sa clé dans la serrure.

— Corinne, où étais-tu ? J'ai failli mourir d'angoisse !

La jeune femme la repoussa sans ménagement pour entrer dans leur appartement. Elle alla s'asseoir sur le canapé et pleura, enfin. Elle pleura Nicolas ; elle pleura Fatima ; elle pleura le rêve fracassé de son amie ; elle pleura les hommes victimes d'une malédiction implacable. Le monde était condamné à une violence sans fin. On n'extirperait jamais cette folie du cœur des humains et elle rongerait jusqu'à la fin les âmes et les esprits. Jusqu'à la dernière femme, jusqu'au dernier homme, elle broierait les vies et les corps dans sa barbare chevauchée.

Au milieu de la nuit, Dubernard rentra dans le gymnase qui servait de caserne au 102 GR. El Assam s'y trouvait encore, il était dans l'attente d'un transfert imminent dans la capitale et Xavier éprouva le besoin irrésistible de se confronter à lui avant son départ.

— Alors, capitaine, quelles sont les nouvelles du front ? l'interpella railleur l'émir. Vous avez reçu la raclée que vous méritiez ?

L'insolence de l'émir exacerba la haine de l'officier ; se contenant à grand-peine, il aboya :

— Fiasco total pour vous ! L'émeute a fait pschitt et votre quartier est entièrement sous notre contrôle.

L'islamiste accusa le coup et son sourire se figea.

— Rien de tel que le corps mutilé de Fatima Ousselik pour réfrigérer vos sympathisants, gronda Xavier qui ne lui pardonnait pas sa cruauté. Grâce à lui, on vous a mis le nez dans votre merde. En plus vos copains encore en liberté ont été en dessous en tout, ils manquaient de coordination. Ils ont fait n'importe quoi.

— Vous n'auriez pas autant rigolé si vous ne m'aviez pas fourré au trou !

— Ne rejouez pas le match. Vous avez fait la preuve de votre totale incompétence.

— Eh ! Si j'avais sorti à temps mes kalas, votre morgue serait pleine à l'heure actuelle.

— Avec des « si » on refait le monde, mais la réalité est là, incontournable : nous avons neutralisé vos partisans et récupéré vos armes. Un gamin de votre bande a craqué. Vous êtes en échec et mat sur toute la ligne.

Dubernard avait envie de saisir Salah par le col de sa chemise et de lui frapper la tête contre la table pour la réduire en bouillie.

— J'ai perdu une bataille, mais pas la guerre, déclama El Assam.

— Arrêtez de paraphraser de Gaulle, vous êtes ridicule.

— Je ferai votre procès devant le tribunal de merde qui me jugera. Je rabâcherai que vous et vos copains abattez sans sommations des enfants, que vous êtes pires que les nazis et on me croira. Je deviendrai le symbole de l'oppression qui frappe les *muslims* en France. On défilera partout en Europe et dans le monde pour que je sorte de taule !

— Rassurez-moi ? Vous ne croyez tout même pas les âneries que vous proférez !

— Mon combat va dans le sens de l'Histoire comme disent les marxistes. Tôt ou tard, un émirat islamique s'installera sur une parcelle plus ou moins grande de ce pays, parce que la partition est la seule option viable. Et vous, les kouffars, vous serez contents quand cela arrivera, car vous n'aurez plus à nous supporter. Nous vivrons loin de vous, dans nos territoires bien à nous, nous ne nous mélangerons plus…

— Gardez votre délire pour le tribunal ! Il ne m'intéresse pas et vous perdez votre temps avec moi.

Xavier se pencha vers le fondamentaliste pour lui poser la question qui le rongeait depuis qu'il était entré dans cette pièce.

— Comment vous êtes-vous procuré les photocopies que vous avez montrées à Fatima Ousselik ?

Bien qu'il n'eût aucune preuve contre lui, il soupçonnait son adjoint et il l'avait soigneusement mis à l'écart des opérations de l'après-midi en lui confiant une tâche subalterne. El Assam rétorqua, à nouveau hilare :

— Cela sera mon petit secret !

La haine de Xavier reflua soudainement, faisant place à un accès de dépression. La pièce était jouée et personne ne pourrait plus en changer la fin. Avec un peu de chance, l'islamiste aurait pu basculer du bon côté ou du moins être accessible au dialogue. Selon le rapport de la DGRI contenu dans le dossier que Fuch Wenzel lui avait remis, il avait décroché un master de français. Il était loin d'être inculte. Son discours n'était pas celui d'un fanatique religieux, il parlait de protéger ses coreligionnaires avant de brandir le Coran et ses dogmes. Hélas, il avait été pris dans un engrenage mortel et il avait commis l'irréparable.

Dubernard quitta brusquement son prisonnier, découragé. Une souffrance sauvage lui broyait les entrailles. Il avait perdu Fatima. Elle était partie en colère contre lui. Plus jamais ses yeux verts ne se poseraient sur lui. Comme un enfant pris en faute, il avait besoin qu'un pardon efface ses erreurs, mais Fatima était morte et jamais elle ne l'absoudrait.

Trois semaines en avril

Il rentra dans son box et s'assit sur son lit de camp. Il resta prostré un long moment sans bouger. Il essayait de faire revivre son amie dans sa tête, de l'extraire de ses souvenirs, mais elle se dérobait dans le chaos de sa mémoire. Pourquoi ne lui avait-il pas avoué son amour plus tôt ? Pourquoi s'était-il retenu ? Pourquoi avait-il refusé d'assumer ses propres sentiments ? N'en pouvant plus, il téléphona à Nicole.

— Allô ! répondit la jeune femme d'une voix ensommeillée.

— Nicole, veux-tu partir avec moi au Québec ?

Il entendit un bruit strident dans l'écouteur avant que Nicole ne marmonnât :

— Xavier, tu n'aurais pas pu me téléphoner demain matin pour me demander cela ?

— Pense à ma proposition !

Il coupa la communication, incapable de lui parler plus longtemps. Quitter la France avec Nicole était un acte insensé, mais il fallait qu'il se raccroche à un point d'appui pour ne pas sombrer dans la folie. Dans la foulée, il appela Delphine et lui annonça sans lui laisser le temps de réagir.

— Je vais venir avec vous au Canada.

Il reposa aussitôt le combiné. Il n'en pouvait plus de sa vie actuelle, il devait en changer, en recommencer une autre et fuir ce pays anarchique et désespéré où rien n'était possible. De l'autre côté de l'océan, avec ou sans Nicole, il oublierait, il ressusciterait.

Épilogue

Le surlendemain, Xavier eut la surprise de voir débarquer dans le vestiaire qui lui servait de bureau le colonel qui l'avait reçu à deux reprises au ministère. Fuch-Wenzel entra sans frapper et referma la porte derrière lui. Il sortit aussitôt un papier de sa poche.

— Restez assis ! J'ai bien reçu votre e-mail accompagné de votre lettre de démission, mais je ne l'accepte pas.

— Pourtant…

— Présenter votre démission vous honore, mais vous n'avez pas à vous sentir coupable de la mort de Fatima Ousselik. Les vrais responsables de ce désastre sont les abrutis qui ont refusé malgré vos multiples avertissements de déployer des effectifs suffisants. De votre côté, vous avez agi pour le mieux avec les hommes que vous aviez. Vous avez fait face, d'une manière remarquable, à une situation de crise et pris à chaque fois la bonne décision.

— J'ai d'autres raisons qui motivent ma démission.

— Je pense que vous êtes encore sous le choc, que vous n'êtes pas dans votre état normal.

— Je ne changerai pas d'avis.

— Que ferez-vous en dehors de l'armée ? Ne gâchez pas votre avenir sur un coup de tête !

— Je vais émigrer au Canada où j'ai une opportunité.

Son supérieur leva les yeux au ciel, méprisant.

— Vous me décevriez en vous exilant. Fuir dans ces conditions votre pays serait honteux. Vous n'allez pas renier l'œuvre que vous venez d'accomplir. Vous n'allez pas abandonner votre poste pour un malencontreux incident.

Xavier se raidit :

— Qualifier un attentat d'incident me paraît inadéquat. Je vous rappelle qu'une personne est morte brûlée vive… J'aimais Fatima Ousselik.

Il regretta aussitôt sa confidence, mais le ton impérieux de son supérieur l'avait fait sortir de ses gonds. Fuch-Wenzel sembla gêné.

— Pardonnez-moi. Je comprends mieux votre réaction. Je regrette d'avoir employé le mot « incident ». Ce terme n'était vraiment pas adapté. Même avant de connaître les liens qui vous unissaient à Fatima Ousselik, je ne pensais pas qu'un assassinat fût un événement secondaire. Je suis désolé, vraiment désolé.

Le colonel tira une chaise pour s'asseoir.

— Je vais vous livrer des informations sensibles, mais donnez-moi votre parole d'honneur de les garder pour vous !

Xavier hocha la tête et son supérieur se contenta de cette approbation muette.

— J'appartiens à un groupe de militaires qui se réunit de temps à autre. Nous estimons que les choses doivent changer : notre pays court à l'abîme et les politiciens qui nous gouvernent sont de complets incapables.

Il entama un long, implacable et justifié réquisitoire qu'il termina par ces mots :

— Un jour, nous prendrons nos responsabilités. Nos petites filles n'iront pas faire des ménages à Pékin pour nourrir leur famille !

Il reprenait une formule célèbre, attribuée à un ancien président et qui résumait le désarroi d'une grande partie des Français devant l'effondrement de leur pays. Fuch-Wenzel se tut pour juger de l'effet de ses confidences. Xavier se mordait les lèvres tout en restant silencieux.

– Vous êtes un officier brillant, Dubernard. Vous avez accompli un travail remarquable à Saint-Pierre. Vous avez favorisé l'éclosion d'un mouvement qui survivra à la mort de sa fondatrice, un mouvement essentiel qui apportera de l'espoir aux Français et qui dans ce contexte troublé était absolument nécessaire. Votre place est parmi nous. Nous voulons arracher la nation à la gangue qui l'enserre, épurer la démocratie pour mieux la sauver. Joignez-vous à nous.

Xavier avait le vertige, il ne savait que répondre.

– Nous tiendrons bientôt une de nos réunions. Je vous invite à y assister. Vous viendrez n'est-ce pas ?

– Je vais y réfléchir, concéda-t-il.

Il pensait aux nations dont l'armée était sortie de ses casernes pour remettre de l'ordre, à la Turquie, à l'Argentine, au Chili. Combien de militaires idéalistes avaient un jour ouvert la boîte de Pandore et emporté leurs concitoyens dans un tourbillon de sang et de larmes ? En même temps, il avait conscience que la situation actuelle ne pouvait plus durer : la France s'enfonçait chaque jour un peu plus dans le sous-développement.

– J'insiste. Votre place est à nos côtés.

– Laissez-moi du temps pour examiner votre proposition, implora-t-il.

Fuch-Wenzel hocha la tête, dubitatif.

– Je bloque votre lettre de démission. Renvoyez-la-moi dans un mois si vous n'avez pas changé d'avis. Je la transmettrai, mais je suis sûr que vous mettrez bientôt de côté vos projets de fuite.

Xavier était désemparé, indécis.

– J'ai regardé avec émotion l'interview de votre amie à la télévision. J'adhère sans réserve à son programme. Ne la trahissez pas en fuyant au Canada. Rejoignez-nous !

– Ne faites pas parler les morts ! se révolta intérieurement Xavier.

Il baissa la tête et répéta, pitoyable.

– Laissez-moi du temps !

C'étaient les seuls mots qu'il était capable d'articuler.

FIN

Imprimé en France

Mai 2020